작은 책방 집수리

길담서원 이전일지

작은 책방 집수리

이재성 · 이정윤

이유출판

『발터 벤야민 평전』 읽기 모임을 마치고 각지에서 온 글벗들과 공산성에
다녀오느라 늦게까지 간판에 불을 밝혀두었다.

둥근잎유홍초 덩굴에 둘러싸인 길담서원 대문.
서울 서촌에서 가지고 온 길담서원 간판. 강병인 작가 작품이다.

대문을 들어서면 오른편으로 길담서원 현관이 보인다.
벽에는 우리가 읽은 책에서 좋은 문장을 찾아 적었다.

책을 배치하면서 사무공간이 없다는 것을 깨달았다. 결국 한뼘미술관이
사무실이 되었다.

건넌방에서 출입구를 바라본 풍경. 건넌방에는 철학, 역사, 예술, 교육, 정치 분야의 책들을 꽂았다.

책방을 하는 사람들은 잘 팔릴만한 책을 들여올 것인가 좋은 책을 놓을 것인가 고민이 많다.

안방에는 자서전적인 책만을 위한 책꽂이를 마련했다.
이어서 식물, 곤충, 동물 관련된 책과 문학 분야 책을 배치했다.

서촌에서 영어원서강독을 함께 하던 미리내 님이 튤립을 한 아름 안고 왔다.
분홍은 안방에 두고 아직 덜 핀 노란 튤립은 내가 만든 화병에 담아 건넌방에
두었다. 아주 오래 길담서원을 환하게 밝혀주었다.

다시 문을 연 길담서원에서 첫 음악회가 열렸다. 바이올리니스트 심혜선, 첼리스트 심혜원이 W. A. Mozart Duo No. 1 for Violin and Violoncello in G Major, KV 423 연주를 마쳤다. 책방에서도 다락방에서도 박수가 터졌다.

안문영 선생님께서 릴케의『두이노의 비가』와『오르페우스에게 바치는 소네트』를 1년간 강의해주셨다.

가구를 짜면서 자투리 목재가 많이 나왔다. 뒷문을 보수하기 위해 팔레트 삼아 아크릴 물감을 짰던 목재 조각에 남은 물감을 칠해서 세워두고 한 동안 즐겨보았다.

어쩌다 우연히
여름나무와 베짱이뽀의 작은 책방 집수리

그러니까 바람이 불어 풀잎이 눕는 것처럼 그렇게 길담서원이 왔다. 책을 좋아하고 그림을 좋아해서 미술관에 가듯 책방에 가는 것을 즐기기는 했지만, 책방을 하려고 했던 것은 아니었다. 그런데 어쩌다 우연히, 동네책방들이 사라지던 2008년 2월 25일에 문을 연 길담서원과 인연이 닿았다. 좋아하는 책을 맘껏 들여놓고 좋아하는 화가의 작품들을 전시하고 업라이트 피아노를 기반으로 음악회를 열었다. 인문학 프로그램을 기획하면서 책을 읽고 공부하고 글을 쓰고 출판하는 일을 하며 놀았을 뿐인데 새로운 바람이 되었다. 놀이는 가을볕에 섞여드는 훈풍 같았지만 불특정 다수를 대상으로 프로그램을 진행하고 조율하는 일은 맨살에 맞는 폭풍우 같을 때도 있었다. 하지만 모임에는 늘 좋은 글벗들이 있어서 견딜 만했다. 그 속에서 조금은 단단해지고 버티는 힘도 생겼다. 그렇게 12년간 길담서원에서 즐거운 일들을 벌였다.

서울시 종로구 통인동에서 보낸 6년은 '자율과 공률'이라는 운영원리를 토대로 많은 일을 했다. 자발적 독서 모임, 원서 강독, 일대 다수의 인문학 강의와 책이 있는 곳을 찾아가는 책마음샘 음악회, 세계적인 콰르텟 연주자 키아라와 함께한 클래식 연주회, 책방 안에 만든 한뼘미술관 전시, 보름이나 주말 걷기 모임, 일, 몸, 돈, 밥, 집, 눈, 품, 힘, 삶 등을 주제로 열었던 청소년인문학교실 강연+답사+출판, 춤모임, 밤새워 이야기를 나누고 강연을 펼치는 백야제, 콜롬비아 몸의 학교 알바로 선생과 무용단이 함께했던 가을 여행, 책을 읽고 유럽으로 떠난 컨템퍼러리 아트기행, 건축가 고오시마 유스케와 함께 한 안도 다다오의 빛의 교회, 나오시마 답사 그리고 우치다 타츠루 선생이 운영하는 가이후칸에서 했던 세미나 등 셀 수 없이 많은 프로그램을 진행했다.

이러한 강연이나 모임은 즐겁고 보람도 있었지만 종종 공허했고 장식품 같다는 생각이 들기도 했다. 좀 더 근원적인 삶 속으로 들어가는 연습이 필요하다고 생각했다. 이사를 앞두고 춘천, 홍성 등을 염두에 두고 그 지역을 잘 아는 분들과 상의도 했지만 이사는 통인동에서 가까운 옥인동 19-17번지로 했다. 많은 사람이 지역으로 가기에 적당한 시기가 아니라고 했고 삶의 터전을 옮기는 일이 함께 진행되어야 해서 쉽지 않았다. 이사

후, 우리 몫으로 주어진 주차 공간을 풀꽃나무가 흐드러지고 얼크러진 뜰로 가꾸면서 길담서원에 오가는 방문객의 옷자락에 풀꽃 향과 빗물을 묻혀주도록 디자인했다. 주어진 일을 수행해야만 하는 일상에서 자신이 하고 싶은 일을 선택해서 하는 비일상으로의 전환이 작은 뜰에서 이루어지기를 바랐다. 한뼘미술관은 넓어졌고 14명 정도가 공부할 수 있는 서당과 함께 식사할 수 있는 공간도 마련했다. 공간이 넓어져서 해야 할 일은 많았지만 이미 너무 많은 에너지를 쏟아부은 상태여서 기획한 일을 진행할 힘이 없었다.

그런 와중에 일어난 세월호 참사는 삶의 자세를 다시 생각하게 한 결정적인 사건이었다. 내가 서있는 자리가 얼마나 불안한지 인지하기 시작했고 왜 그런지 물어보기 시작했다. 게다가 2015년 전후로 정부기관이나 문화재단이 지원하는 프로그램이 많이 생겨났고 작은 책방도 많아져 좋은 강의가 무료로 진행되기도 했다. 모든 프로그램에 참가비를 받았던 우리는 다른 방식을 모색해야 했다. 이러저러한 대화에서 한마디 거들 수 있는 소비재가 아니라 스스로 하는 공부를 통해서 삶의 질적인 변화를 가져올 수 있도록 생산적인 인문학 공부를 하고자 했다.

소설을 쓰고 랩을 하는 철학연구자 사사키 아타루를 국내에 처음 초대하면서 시작한 옥인동 시절은 한 사람 한 사람이 문제의식을 가지고 스스로 공부하는 공간이 필요한 시기라 여겼다. 원서 강독과 다양한 독서모임은 그대로 유지하면서 강연을 대폭 줄이고 글쓰기모임, 고영 선생과 수의 소품을 만드는 모임, 김내혜 작가와 당호를 짓고 전각을 하는 모임, 임형남 노은주 건축가와 자신이 살고 싶은 집을 구상하고 설계하는 프로젝트, 첼리스트 심혜원, 바이올리니스트 심혜선과 함께 하는 시즌별 클래식 음악회, 유현주의 피아노 마스터 클래스, 손한샘, 허윤희, 류장복 작가와 함께 하는 미술학교, 한뼘미술관 신인발굴 전시, 정안나 연출가와 함께한 시민연극단, 청소년과 『빨간 머리 앤』을 영어 원서로 읽으면서 하는 감각놀이 등등 장기적인 기획으로 쌍방통행하며 무뎌진 감각을 깨우고 실생활의 변화를 모색할 수 있는 실험을 했다. 이러한 모임들은 모두 어떻게 살 것인가에 대한 질문에 답을 찾아가는 과정이었다. 하지만 여전히 삶의 토대가 탄탄하지 못하고 땅에서 멀어져있다는 불안감에서 벗어날 수 없었다. 서울, 그것도 서촌은 도시의 중심이었다. 우리는 소비자였다. 창작자이자 발신자가 되기 위해서는 정신적, 물리적 토대가 튼튼해야 했다.

12년간 낸 월세를 계산해보니 2008년 당시, 서촌에 집을 살 수 있는 금액이었다. 더 이상 월세를 내고 싶지 않았고 무엇보다 그동안 버트런드 러셀이나 버니지아 울프, 니체, 마르크스, 슈마허, 이반 일리치 등을 읽으면서 대지 가까이 가고 싶은 마음은 더욱 커졌다. 6년 전에 시도하려다가 그만두었던 책방 이전 계획이 사회적으로 큰 사고를 겪으면서 경종이 되었고 편찮으신 박성준 선생님과 지친 몸, 감당하기 버거운 월세의 인상 등 여러 요인으로 가능해졌다. 코로나가 확산되어 모든 사람의 발이 묶인 2020년 2월 29일, 길담서원은 공주로 이사를 했다.

소나무가 무성하면 잣나무가 기뻐한다

공주시 봉황동으로 옮긴 후, 1년은 쉬고 1년은 집수리를 했다. 코로나 시기와 겹쳤던 이 기간은 침잠하여 생각도 가다듬고 우리 몸도 점검하는 시기였다. 텅 빈 공간에서 시작하는 것이 아니라 이미 형성되어있는 사고방식과 형상을 해체하고 다시 정립하는 시간이었다. 기존의 모든 관계가 끊어진 상태에서 조용히 공주시 원도심을 산책하고, 가끔 원거리 여행을 하고, 오래된 집과 씨름하고 대화하는 시간도 나쁘지 않았다. 하지만 갑작스런 팬데믹 상황과 낯선 도시에서 지역 주민들을 만나야 한다는 현실에 설렘보다는 두려움이 앞섰던 것 같다. 그래서 많은 분의 우려와 만류에도 불구하고 오픈 시기를 미루는 하나의 방법이면서 동시에 몸 노동을 할 수 있는 기회로 삼아 직접 집수리를 했다. 기껏해야 공방에 다니면서 테이블, 서랍장, 오디오장 등의 가구를 짠 경험이 전부였지만 의욕은 넘쳤다. 몰랐을 땐 함부로 덤비지만 알게 되면 '용기'가 필요하다. 우리에게 힘이 된 것은 무지함이었다. 위험하고 엄청 힘든 줄 알면서도 나서는 게 진짜 용기인데 우리는 집수리가 얼마나 힘든 일인지 몰랐다. 1년간 충분히 휴식을 하고 나니 뭐든 할 수 있을 것 같았다.

길담서원은 같은 지번에 허름한 집이 두 채 있는데 그중에 별채를 수리해서 문을 열어가고 있다. 직접 수리하겠다고 말을 던져놓고 시도하다가 겁이 나서 견적을 의뢰했으나 고쳐주겠다는 업체가 없었다. 도면도 없이 마구잡이로 집수리를 시작하면서 실수하고 빼먹고 엎치락뒤치락 얼기설기 엮어가면서 '우리는 왜, 이렇게 사는가?', '어떠한 삶을 살 것인가?', '어떠한 책방을 하고 싶은가?' 등을 고민했다. 쓰레기를 버리는 일부터 해체와 청소, 수리, 제작, 설치까지 직접 하면서 몸을 쓰고 사는 삶이 어떤 것인지, 먼지라고 할 때 그 먼지의 켜가 얼마나 다양한지, 계획은 왜 중요한지를 확인하게 되었다. 이 책은 바로 이 별채를 어떻게 수리했는지, 수리하면서 어떤 문제와 마주쳤는지, 그것을 어떤 방식으로 풀어나갔는지를 일상생활의 변화와 함께 기록한 것이다.

집을 수리하는 동안에는 책을 보는 것보다 영상을 보는 게 눈으로 확인할 수 있어 이해도 빠르고 편했다. 실질적인 기술이라든지 필요한 지식을 습득하는 방법으로는 유튜브만 한 게 없었다. 하지만 기술의 원리를 이해하려면 책을 읽어야 했고 먼지 속에 던져진 마음을 정리하기 위해서도 벗 삼을 만한 책이 필요했다. 중세의 유적지를 놀이터 삼아서 성장한 사회주의자 윌리엄 모리스, 모든 읽기는 Double Reading이고 그러므로 자서전적이자 정치적 행위라는 데리다와 강남순 선생님 책을 곁에 두기로 했다. 이분들과 함께 집을 수리해나간다면 우리가 하는 일의 심리적 토대를 만들 수 있을 것 같았고, 다르게 사는 데서 오는 고독함이 무엇인지 그들이 알려줄 것 같았다. 그러나 시간이 갈수록 책과는 멀어졌다.

이 책은 조카가 태어나고 아버지가 돌아가시는 상황에서 썼다. 우리는 서울에서 공주시로 이사를 했고 48년 된 집을 해체하고 수리하면서 만남과 이별, 생성과 소멸을 생각했다. 아이가 자라는 속도로 부모님의 건강이 저물어갔다. 기쁨과 허무함, 몸의 소중함을 직면하고 갈팡하고 질팡하면서도 늘 중심을 잡아준 것은 역지사지易地思之하고 송무백열松茂栢悅하는 동무들의 마음이었다. '포즈'가 아니라 진정한 마음이었다. '사촌이 땅을 사면 배가 아프다'는 속담은 질투를 당연한 것처럼 여기게 했다. 하지만 이런 심성 반대편엔 친구가 잘되기를 응원하고 지원하는 마음도 있었다. 질투는 미워함의 시작이자 싸움의 근원이고 자신을 괴롭히는 씨앗이지만 타자의 입장을 헤아리고 벗이 잘됨을 기뻐하는 마음은 온기를 더하고 힘을 주는 법이다.

셀 수 없이 흔들려 균형을 잡으려고 애쓸 때, 피곤하고 지쳐서 쉬고 싶을 때, 그때 만났던 동무들과 선생님들, 함께했던 이웃들, 찾아갔던 장소도 이야기에 담았다. 따라서 집수리 기간은 단순히 집을 고치는 시간이었다기보다는 우정에 관하여 생각하고 몸 건강을 위한 자세를 단단히 하는 시간이기도 했다. 길담서원을 저만치 떨어져서 바라보며 '느리게 제멋대로' 고쳐나갔다. 여기서 '느리게 제멋대로'는 선택이 아니라 그럴 수밖에 없는 허술한 몸 상태와 어설프게 흉내나 낼 수밖에 없는 기술의 한계에서 비롯된 결과였다. 집수리를 하면서 우리는 몸으로 산다는 사실을 직시했고 몸 건강이 나의 일상을 어떻게 좌우하는지도 깨닫게 되었다. 그래서 집수리에 관한 책이라기보다는 그 과정에서 알게 된 것, 관계 맺게 된 것, 집수리를 통해서 본 삶의 이야기이기도 하다.

다시 오픈하기까지 2년간은 세상과 단절된 것 같이 지냈지만 길담서원은 여전히 문을 열어가고 있었다. 서울 서촌에서 보낸 12년이 '길' 위의 시간이었다면, 공주시 봉황동에서 보낸 2년은 '담' 안의 시간이었다고 할 수 있다. 담 안에 머무르며 고단한 몸도 풀고 길 위에서 배운 것도 정리하고 생각했던 것을 실행에 옮기며 새로운 길 위에 나설 장비를 챙기는 시간이었다.

무턱대고 시작한 공사를 작은 사고도 없이 마무리하고 2022년 2월 25일부터 비좁고 남루한 상태로 문을 열어가고 있다. 여행을 할 때 1층 짓고 들어가 살면서 돈이 생기고 짬이 나는 대로 벽돌 몇 장씩 사다가 담을 쌓고 집을 지으며 사는 인도 사람들을 보았다. 베트남 사람들도 그렇게 스스로 집을 짓고 있었다. 버지니아 울프도 몽크스 하우스를 사서 『댈러웨이 부인』이 잘 팔렸을 때, 욕실에 따뜻한 물이 나오는 세면대를 설치하는 식으로 조금씩 수리해가며 살았다. 이것이 소비자본주의 사회 이전의 삶의 방식이기도 하고 가난한 사람들이 사는 방식이기도 할 것이다. 그들의 삶의 방식이 엉성하고 부실하고 제멋대로 수리한 길담서원을 다시 오픈할 수 있는 용기를 주었다. 헐겁고 어설픈 상태 그대로 '담'의 시절을 접고 '길'의 시대로 들어섰다.

집수리 과정을 페이스북에 올렸더니 몇몇 친구들이 책으로 내면 좋겠다고 했다. 집을 고치면서 올렸던 사진과 100일 동안 매일 쓴 글이 이 책의 바탕이 되었다. 그리고 '좋은 책을 반복해서 읽는 것은 누에가 뽕잎을 먹고 비단을 뽑아내는 것과 같이 글쓰기에 있어서 아주 중요한 한 요소이고, 나이 들어서도 하고 싶은 일을 지속적으로 하려면 매일매일 운동을 해서 건강한 몸을 만들어야 한다. 건강은 젊었을 때 저축해두지 않으면 나이 들어서 쉽게 무너져내린다. 건강을 지키는 것이 무엇보다도 중요하다'고 강조하신 박성준 선생님과 '글도 물과 비슷해서 모이면 자체 에너지가 생깁니다. 파편도 모이면 어떤 의미망을 형성하게 되고, 이런 글을 모은 것이 거의 다 현대소설이란 옷을 입고 새 시대의 모델이 될 것입니다'라고 지지해주신 안삼환 선생님의 말씀이 큰 힘이 되었다.

길담서원이 공주시로 이사했다는 소식을 듣고 제일 먼저 연락 주시면서 그동안 고생했다는 말씀과 함께 성준 형과 나의 우정을 기억하라며 잊지 못할 감동을 주신 김판수 선생님, 쉬는 동안은 맘 놓고 쉬라고 응원해주신 어현숙 선생님, 판소리로 길담서원이 문을 열게 되었음을 축원해주시고 1년간 릴케의 『두이노의 비가』와 『오르페우스에게 바치는 소네트』 원서 강독을 진행해주신 안문영 선생님, 100일 동안 매일 함께 글을 쓴 동무들, 이 책을 정성스럽게 만들어주신 이유출판 이민, 유정미 선생님 그리고 응원의 마음을 전해주신 모든 분들! 이분들이 없었다면, 우리의 집수리는 마감하지 못했을 것이다. 이 모든 분들께 '고맙습니다'라는 인사를 드린다. 끝으로 이기봉 아버지, 박병옥 엄마께서 평안하게 돌아가시길 빈다. 이제야 긴 노동과 먼지 속에서 벗어난 느낌이다.

2024년 구월
길담서원에서
여름나무와 베짱이뽀

차례

3장   멈췄던 게 돌아가고 미웠던 게 예뻐지고

1장

인연, 봉황동 290번지

도면을 그리지는 않았으나 우리가 원하는 형태의 집을 마음에 새기고 찾아나섰다. 집은 작아도 마당은 넓었으면 했다. 마당에는 커다란 나무가 한 그루쯤 있으면 좋겠고 빨간 벽돌 이층 건물에 반지하실이 있으면 좋겠어! 반지하는 책방 겸 서원을 하고 1층은 우리 밀로 빵을 굽는 식탁을 만들고 2층은 게스트하우스를 하는 거지! 그리고 대문쯤에 옛 화장실이 남아있다면 거기를 한뼘미술관의 시작점으로 하자고 했다.

봉황동 290번지

　건축가 르코르뷔지에는 스위스 쥐라산맥 아래 침엽수림이 울창한 골짜기에서 자랐다. 겨울이 길고 해가 짧아 늘 어두운 마을이었다. 그는 늙으신 부모님께 해가 잘 드는 집을 지어드리고 싶었다. 그래서 아주 단순하고 작은 집으로 설계도를 그려서 주머니에 넣고 다녔다. 그러다 어느 날, 멀리 알프스산맥이 보이는 레만 호숫가의 작은 언덕 위에서 포도를 재배하는 사람들이 살던 집터를 본 순간, 마치 집터와 도면이 손에 딱 맞는 장갑을 낀 듯한 기분을 느꼈다.

　처음 공주시에 왔을 때, 공산성에서 바라본 금강은 우리를 사로잡은 첫 번째 풍경이었다. 그다음은 제민천을 구심점으로 펼쳐진 골목길을 따라 턱턱 놓인 대통사지 당간지주, 중동성당, 충남역사박물관, 옛 공주읍사무소, 황새바위성지, 무령왕릉, 우금치전적지, 박찬호기념관, 풀꽃문학관 등 역사문화 공간과 금강까지 이어지는 자연이었다. 무엇보다 기쁜 것은 멀지 않은 곳에 논밭이 펼쳐져 있어 허리 굽혀 땅의 변화를 읽어내며 농사를 짓는 사람들을 만날 수 있다는 점이었다. 농지와 가까운 이 역사문화 공간에서 책장을 넘기듯이 산책을 했다. 곡선의 중첩된 풍광을 들춰보며 지낸 지 1년쯤 되었을 때, 길담서원이 둥지를 틀 곳을 찾아나섰다.

구석구석을 누리며 지형지물을 익혔다. 공주시는 봉황산, 일락산, 주미산, 월성산 등 작은 산 아래 골짜기를 따라 마을을 이루고 제민천을 지나 금강 나루터까지 숲으로 들로 연결되어 있었다. 특히, 원도심인 봉황동, 반죽동, 중동을 묶어 중학동이라고 부르는데, 이 동네의 골목길은 불규칙하게 끊어질 듯 이어졌다. 마치 오래전부터 쓰였던 우리 일상생활과 밀접한 동사들이 불규칙 변화를 하고 새로 만들어진 동사들은 규칙 변화를 하는 것처럼, 구획된 아파트 단지에는 없는 구불구불한 골목이 접혔다 펼쳐지는 주름처럼 전개되고 있었다. 그 골목에서 만나는 길가 풍경들이 기대와 호기심을 불러일으켰다. 도면을 그리지는 않았으나 우리가 원하는 형태의 집을 마음에 새기고 찾아나섰다. 집은 작아도 마당은 넓었으면 했다. 마당에는 커다란 나무가 한 그루쯤 있으면 좋겠고 빨간 벽돌 이층 건물에 반지하실이 있으면 좋겠어! 반지하는 책방 겸 서원을 하고 1층은 우리 밀로 빵을 굽는 식탁을 만들고 2층은 게스트하우스를 하는 거지! 그리고 대문쯤에 옛 화장실이 남아있다면 거기를 한뼘미술관의 시작점으로 하자고 했다.

상상 속의 공간을 그리며 찾아나섰지만 좀처럼 집은 나오지 않았다. 어렵게 두 군데를 봤는데 모두 빨간 벽돌 이층집이었지만 커다란 나무도 없고 마당도 비좁았다. 한 군데는 사나운 고갯마루, 영명고등학교 옆 잡종지였고 다른 데는 국고개길이었는데, 몇몇 지인들이 보고는 책방을 하기에 적절한 공간이 아니라고 했다. 망설이고 있으니, 같이 집을 봐주시던 분이 집을 고를 때는 이 집 아니면 안 된다고 하는 끌림이 있거나 객관적으로 모든 사람이 선망하는 곳이거나 아니면 경제적인 가치가 있는 곳이어야 후회가 없다고 했다. 그에 비추어 봤을 때 두 곳은 그 어느 쪽에도 부합되지 못했다.

그렇게 한 달 반을 돌아다니다 이 집을 만났다. 평수도 작고 대지의 모양도 반듯하지 못하고 빨간 벽돌 이층집도 아니고 커다란 나무도 없었다. 벽돌집이기는 한데 돌 타일을 붙인 집이었고, 이층이 아니라 본채와 별채가 따로 있었다. 본채는 지하실이 있는 슬라브 주택이고 별채는 양철 기와를 얹은 한옥이었다. 이층이 아니라 옆으로 널어놓은 집, 그러다 보니 마당이 비좁았다. 이 집을 보고 고민하는데 봉황동엔 이만한 평수의 집도 없다고 했다. 집이 낡은 것은 수리하고 다시 지으면 되지만 위치는 불변하는 요소이니 위치를 보고 선택하라는 조언이었다. 그래도 망설이는데 그 집을 보고 나서 좋은 꿈을 꾸었다. 꿈 같은 거 믿지도 않는 우리가 이렇게 큰 거래를 할 때 꿈에 의지하는 심리가 이상했다. 지금 생각해보면 집값이 자꾸 오르면서 빨리 공간을 마련해야 한다는 조급함이 작동했던 것 같다. 그리하여, 장갑이 손에 딱 맞는 그런 느낌도 없이 2020년 10월 10일 11시, 충남 공주시 봉황동 290번지와 인연을 맺었다.

버선 모양 터에 놓인 이상한 집

2020년 2월 29일, 공주시로 와서 산골짜기와 들벌판을 누리고 다녔다. 봄에는 월성산, 우금치전적지, 갑사, 마곡사를 산책하며 차를 덖고 떡을 찌고 빵을 구웠다. 도자기를 배우러 계룡산 도예촌 웅진요에 샤노테 님의 차를 타고 가을까지 다녔다. 우리밀로 빵과 쿠키를 굽고 가끔 공방에 나가서 나무도 깎았다. 날이 따뜻할 때는 소창을 삶아서 수건과 행주를 만들고 올리브오일을 이용해 비누를 만들었다. 사실, 그것보다 더 시급한 문제는 얼른 집을 구하는 일이었다. 뉴스에선 세종시로 행정도시를 완전히 이전해야 한다는 얘기가 나왔고 길거리에는 현수막도 걸렸다. 인접 도시인 공주시의 땅값이 오른다고 했다. 주변에서는 집값이 자꾸 오르는데 왜 이러고 있냐고 부추겼다. 코로나가 여전하고 여름이라 장마와 무더위가 반복되었고 기다려도 집은 나오지 않았다.

매일 밤 부동산 사이트를 뒤지고 낮에는 집을 보러 다니기를
반복했다. 제민천가는 집값이 너무 올라서 엄두를 못 내고 깊숙
한 주택가도 연초보다 상당히 올라있었다. 그러다가 부동산 중
개인이 책방을 할 것이면 주택보다는 상가건물이 좋다면서 제
민천 근처 이층짜리 상가건물을 보겠느냐고 했다. 우리는 정원
이 있는 책방에 마음이 쏠려있어서 그 말이 들리지 않았는데 중
개인이 나중에 자기한테 고마워할 것이라고까지 하면서 권했
다. 가격도 저렴했다. 곱창집 자리였는데 주소가 먹자1길인가?
그랬다. 여름나무가 '서원 주소가 먹자1길이 뭐야!' 하면서 단번
에 싫다고 했다. 나는 싼 가격과 접근성으로 볼 때 마음이 움직
이긴 했으나 주소가 마음에 걸리기는 마찬가지였다. 주소는 그
지역의 지리, 역사, 환경을 고스란히 내포하는 지표이다. 단순
히 구획하기 쉽고 찾기 쉬운 효용으로만 따질 수 없는 인문적인
가치가 거기 있을 텐데 주소지의 역사성을 지워버린 게 너무 아
쉬웠다. 다른 곳을 찾아보기로 했다.

지나다니면서 보이는 마당 넓고 깨끗한 집들은 우리의 경제
적 여건으로는 가질 수 없는 것이었다. 집이 없는 게 아니라 우
리 주머니가 가난한 것이었다. 지금 생각해보면 매물이 없다는
부동산 중개인 말을 반복해서 들은 데다 주변에서 가격이 자꾸
오르고 있다, 또 올랐다, 나오면 바로 나간다 등등의 말을 몇 개
월간 지속적으로 들으면서 중심을 잃었던 것 같다. 커다란 나
무가 있는 빨간 벽돌 이층집 대신 곰팡이가 많고 비가 새는 집

하늘에서 본 봉황동 290번지.

을 계약했다. 10%의 계약금을 치르고 별채에 세입자가 있어서 12월 10일을 기한으로 잔금을 치르기로 했다. 잔금을 치르고 보니, 집을 살 땐 왜 주인이 살던 집을 사라고 하는지 이유를 알 것 같았다. 가꾸지 않고 함부로 사용한 집이었다. 대지 모양도 버섯 모양인데 이는 대지 활용률이 엄청 떨어진다는 의미이고 앞집과의 사이에 담이 없어 이웃과도 복잡한 관계를 맺고 있다는 얘기였다. 하지만 우린 '특이'한 것을 좋아하니까 괜찮았다. 어차피 수리할 것이니까 하면서 그냥 매입했지만 철거 후 신축할 것이 아니라면 건물 상태를 살펴보는 일은 신중해야 할 일이었다.

　나중에 알게 되었는데, 부동산 중개인이 추천해준 그 건물이 괜찮은 매물이었다. 먼저, 상가건물이라 용도변경 없이 빵집도 함께 오픈할 수 있는 공간이었다. 이는 바로 돈을 벌 수 있다는 얘기였다. 책만 팔아서는 먹고살 수 없는 우리나라에서 Book &

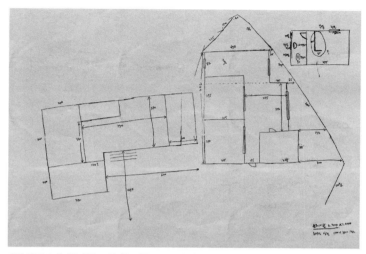

제일 먼저 쓰레기를 치우고 설레는 마음으로 줄자와 연필을 들고 오가며 실측을 했다.
이때만 해도 앞으로 어떤 일이 펼쳐질지 가늠하지 못했다.

Dinner를 구상했던 우리에게 딱 맞는 건물이었다. 하지만 잠시
미뤄둬야 했다. 잘 모르면 전문가의 말을 참고하고 동시대 사람
들이 어떻게 사는지 살피고 좀 맘에 들지 않아도 수용할 수도 있
어야 했다. 김대중 전 대통령이 '어느 분야에서나 성공하려면 서
생적 문제의식과 상인적 현실감각을 겸비해야 한다'고 했다는
데 우리에겐 상인적인 현실감각이 턱없이 부족했다. 시스템은
쉽게 바뀌는 것이 아니기 때문에 자본주의 시장경제에서 살아
가려면 그 구조를 염두에 두고 못마땅하더라도 어느 정도는 그
흐름을 타고 가야 한다. 중뿔나게 잘났거나 자연인으로 살 것이
아니라면 말이다. 그래야 돈 때문에 생기는 고생을 안 하고 자

신의 인격을 유지하며 순탄하게 살 수 있다. 돈은 심리적, 육체적으로 자유를 주고 시간적인 여유까지 준다. 그래서 어느 정도의 경제력은 중요하다. 그런데 우리는 그러한 시간과 돈을 우리가 노동해서 고쳐야 하는 집과 바꾼 것이다. 하지만 모든 선택이 나쁜 것만은 아니어서 1970년대 집이 어떠한 구조, 어떠한 재료로 이루어졌는지 상세하게 들여다보며 몸으로 겪는 경험을 하게 했다.

좋은 대지와 마당 정원의 변화

예부터 뒷산에서 기氣가 내려와 모이는 반듯한 대지를 좋은 집터로 여겼다. 기는 물을 만나면 움직임을 멈추고 한곳으로 모이는데 그러한 터가 생태적으로 살기 좋은 여건이라고 봤다. 그래서 조선시대에는 신분이 높을수록 마을 안쪽에 자리를 잡고 신분이 낮고 가난할수록 마을 입구나 물가에 자리했다. 신분이 높은 사람들은 노동으로부터 자유로워 은밀하게 숨어있으면서 밖을 훤히 조망할 수 있는 아름답고 풍광 좋은 곳에서 스스로를 드러내지 않고 권력을 유지하고 삶의 품격을 지키며 살았다.

배산임수라는 자연환경은 앞으로 열린 들판이 있어 해가 잘 들고 뒷산이 바람을 막아주며 생활에 필요한 땔감과 목초를 손쉽게 취할 수 있는 곳이었다. 눈앞에 펼쳐진 들판은 농작물을 관리하기 용이했고, 뒷산으로부터 내려오는 맑은 계곡물도 농사에 도움이 되었다. 개울에서 물고기를 잡고, 들에서 나물을 채취하고, 산에서 열매를 딸 수 있었다. 토끼, 노루와 같은 동물들을 잡을 수도 있었으며 깊은 산에서는 멧돼지, 사슴 등을 사냥했을 것이다. 그런데 요즘 집의 길지는 우마트 좌지하철이라고 한다. 가까이에 대형마트가 있어서 언제든지 장을 볼 수 있고 출퇴근하기 편리한 장소가 현대인이 살기에 최적인 것이다. 전원주택지는 높은 곳에서 멀리까지 전망할 수 있는 장소를 좋은 집터라 여긴다. 그러나 이런 집은 사거리 모퉁이 집처럼 타인의 눈에 들고남이 드러나기 때문에 개인주택보다는 상업 공간으로 적절하다. 요즘은 품위 있는 상업 공간도 약간 숨어있는 것이 특징이다. 그래서 우리는 집을 찾아다니면서 이런 위치를 피했다. 이런 자리는 세상 사람들의 이목을 받는 자리였고 너무 비싸기도 했다. 책방이면서 서원이기도 한 공간이 그렇게 비싼 자리에 나앉아있을 필요는 없었다.

이 집은 뒤로 봉황산과 일락산이 있고 앞으로 제민천이 흐르는 중간 정도에 버선 모양의 대지 위에 놓여있다. 연화부수형도 아니고 버선형이라 재밌기는 하지만 실용적인 측면에서는 이로울 것이 없는 대지였다. 버선 입구에 해당하는 대문을 열고 들어서면 오른쪽에 한옥 형태의 별채가 있고 버선목을 지나면 슬라브 주택으로 된 본채가 나온다. 마당은 집보다 낮고 볼품이 없는데 항아리와 옥잠화, 구절초, 블루베리, 철쭉 등이 있었다. 하지만 전통 가옥의 마당은 정갈하게 비어있었다. 비어있음으로 고요하고 충만해서 다양한 일들이 펼쳐지고 마무리되는 공간이었다. 겨울에는 마당의 따뜻한 빛이 반사되어 마루와 방을 덮혔다. 안마당은 관혼상제는 물론 돌잔치, 환갑잔치, 시절놀이 등등 대소사가 차곡차곡 온축되는 공간이었고 바깥마당은 농사지은 작물들을 거둬들여 손질하는 데 쓰였다. 농기구를 관리하고 타작을 하고 공동체의 축제를 벌이는 열린 공간이었다. 주로 일하는 사람들이 움직이는 공간으로 낯선 사람들도 드나드는 접점이어서 어떤 새로운 일이 발생하고 확산되고 동시에 수렴되어 안으로 스미는 동적인 어울림이 있었다.

반면에 사랑 마당은 그 집 주인장의 성향에 맞게 연못에 가산을 만들고 꽃과 나무를 심어 그가 꿈꾸는 이상향을 구현했다. 자연의 이치를 정원으로부터 배우고 선경후정의 글과 그림을 그리며 삶 속으로 내재화했다. 그리하여 사랑채에서 풍류를 즐기며 벗들과 강학하고 강론하며 사상의 거처로 삼았다. 이렇게 사랑채에서 마당 정원을 꾸미고 화려한 옷을 입고 품위 있게 삶을 즐기며 자기 사상을 갖는 학문을 할 수 있었던 것은 노동하는 사람들이 있었기에 가능했다. 안마당과 바깥마당에서 먹고사는 문제들을 여성이나 신분이 낮고 가난한 사람들이 도맡아 해주었기에 가능한 일이었다. 나보다 남을 위해 일해야만 먹고살 수 있었던 사람들의 노동이 거기에 있었다. 하지만 신분제 사회를 벗어나면서 일할 사람이 없어지자 집의 규모도 작아졌다. 근대화되면서 난방 단열이 좋아지고 집 안에서 치르던 행사도 전문화된 공간을 대여해서 진행하기 시작했다. 따라서 텅 빈 마당이 없어지고 사랑 마당처럼 나무를 심은 정원이 만들어졌다. 이 집도 남쪽으로 난 좁고 긴 마당에 몇 그루의 꽃나무들이 있을 뿐인데 이 부분을 서원이라는 성격에 맞게 조성하는 것이 길담서원의 분위기를 좌우할 것이다.

좋은 대지와 마당, 정원의 변화에는 일하는 사람들의 노동이 한 중심을 이루고 있다.

파파고는 읽을 수 없는 등기권리증

잔금을 치르던 날, 75세 되신 집주인은 누렇게 빛이 바래고 도톰한 등기권리증을 가지고 왔다. 활자화되고 전산화되어 기호로만 읽히는 서류가 아니라, 수입인지가 붙어있고 시간이 읽히고 질감이 느껴지고 손에서 손으로 전해진 온기가 묻은 물건이었다.

등기권리증은 타자기로 입력되었거나 빼어난 한자로 쓰여 있었다. 차근차근 읽다 보니 단순한 행정용어로 주소와 이름, 매매가 등등이 기록된 문건이었다. 파파고는 읽을 수 없는 손글씨였다. 1966년 소유자부터 기록이 시작되었다. 당시 주소는 공주군 공주읍이었다. 소유자 김정헌은 이 집을 42만 원에 구입하여 1976년 노○○에게 74만 원에 팔았다. 우리와 계약한 노○○은 1978년 10월 16일 신축을 했다. 본채 17평 별채 12평을 짓고 사는데 2010년에 8m 소폭도로가 집 앞에 생기면서 대지의 일부가 도로로 수용되어 10평이 줄어들었다. 별채 마당이 없어지고 뒤뜰로 가는 길이 옹색해지는 사연이 여기에서 비롯되었던 것이다.

당시 노○○은 논산 면사무소 공무원이었는데 시험을 쳐서 공주 ○○고 사회 교사로 부임했다. 출근하면 밤늦게 돌아왔기

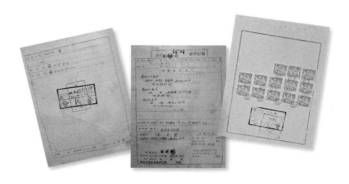

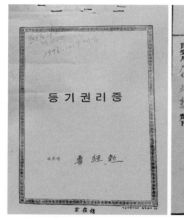

사람의 온기가 전해지는 등기권리증

때문에 부인이 혼자서 애를 업고 일하는 사람들 밥을 해주면서 지은 집이라고 했다. 집터가 좋아 자식 4남매를 모두 교사로, 공무원으로 키웠다고 자랑했다. 대지 모양도 삐뚜름하고 허름한 집을 제값 이상으로 넘기는 게 미안했던지 별 근거도 없는 가치를 강조했다.

지은 지 30년이 넘어서자 집은 낡아갔고 부부는 나이가 드는데 손볼 곳도 많아졌고 무엇보다 추웠을 것이다. 교동에 아파트가 들어서자 이사를 했다. 본채는 1500만 원에 전세를 줬는데 집을 사서 이사를 나갔고 별채는 보증금 300만 원, 월세 20만 원에 줬는데 월세를 하루도 밀리지 않고 10년 넘게 산 고마운 사람들이라고 했다.

부부는 벽돌로 쌓아 튼튼하게 지은 집이라고, 자식들은 팔지 말라고 했는데 내 손으로 지은 집이니 내가 정리한다고 했다. 계약 당시에는 동료 교사들 얘기, 이발소 아저씨 얘기, 이런 저런 말씀이 많더니 잔금을 받고는 별말이 없었다. 돌아서는 부부에게 수리해서 책방으로 할 것이니 놀러 오시라고 했다. 부인이 나가면서 새집이라 고칠 게 없을 것이라 했다. 지인들이 와서 보고는 이상한 집을 상투를 잡고 샀다고 했다.

이 집의 신들에게 밤 막걸리를 올렸다

볼프 에를브루흐는 그림책 『내가 함께 있을게』의 저자이며 그래픽디자이너다. 원제는 『오리, 죽음 그리고 튤립Ente, Tod und Tulpe』이다. 한국어판 제목이 죽음에 대해 따뜻한 서정성을 살려 번역했다면, 독일어 원제는 객관적인 거리를 유지하고 있다.

이 그림책의 이야기 구조는 죽음의 등장, 죽음과 친구가 됨, 오리의 죽음으로 구성되어있다. 나이든 오리가 늘 그의 곁에 있었던 죽음이라는 실체를 인식하면서 시작된다. '난 늘 너의 곁에 있었어. 이제야 나를 알아보는구나!' 길고 마르고 꺼칠한 털을 가진 오리 한 마리가 뒤를 돌아보니 바로크 시대에 유행했던 바니타스Vanitas풍의 해골 모습을 한 죽음이 검은빛 튤립을 한 송이 들고 있다. 우리는 몸이 많이 아프거나 늙지 않으면 죽음이 늘 우리 곁에 있다는 사실을 알지 못한다. 어떤 계기가 있어야만,

사람은 태어나면서부터 죽어가는 존재라는 사실을 깨닫는다.

오리는 죽음을 만나면서 자기 자신을 죽음의 눈을 통해 바라본다. 죽음과 함께 나무 위에 올라가서 자신이 머물던 호수를 보고 혼자 남을 호수를 생각하며 슬퍼한다. 그때 죽음은 이렇게 얘기한다. '적어도 너에게는 네가 죽으면 호수도 없어져.' 내가 죽는다는 것은 부모도 자매도 동무도 집도 나무도 모두 그대로 있는데 가위로 오려낸 것처럼 나만 없어지는 것이다. 슬퍼하고 외로워하는 감정은 살아있는 사람들의 몫이다.

톤 다운된 색조로 단순하게 그리고 오려붙인 듯이 표현한 그림은 어쩌면 죽음이 삶의 일부이기도 하지만 삶의 공간으로부터 분리된 다른 세계로의 이행이라는 과정을 표현하는 하나의 장치가 아닐까 짐작해본다. 우리는 아이가 태어나서 자란다고 말하지만 실은 유소년이 죽으면 청년이 되고 청년이 죽으면 노인이 되고 노인이 죽으면 소멸하는 유한적인 존재라는 인식이다. 그래서 몽테뉴는 어제가 죽으면 오늘이 오고 오늘이 죽으면 내일이 온다고 했던가 보다.

우리는 박희진 작가님이 커다란 화판에 그려준 멧돼지 그림을 들고 나섰다. 옥상으로 올라가 눈빛이 형형하고 야생성이 살아있는 멧돼지 그림을 항아리 위에 놓았다. 그 앞에 귤 하나, 내가 깎은 목어 하나, 여름나무가 깎은 꼭두 하나 그리고 계룡양조장 밤 막걸리 한 잔을 항아리 위에 올려놓고 이 집에 머물고 계신 신들에게 인사했다. 우리가 이 공간을 잠시 혼란스럽게 할

박희진 작가의 「멧돼지」

텐데 불편하더라도 잘 봐달라는 부탁이었고 우리도 여기에 깃
들게 될 것이라는 암시이기도 했다. 목욕재계하고 일이 잘되길
천지신명께 비는 마음과 새로운 에너지를 부여하여 집수리가
잘되길 바라는 마음, 제의적 의미를 담지하면서도 무엇보다 하
나의 즐거운 놀이가 될 수 있기를 기원한 것이다.

하늘의 혼과 땅의 백이 해와 달, 밤과 낮, 음과 양, 밀물과
썰물, 들숨과 날숨처럼 하나로 뭉쳐져 균형을 이룬 것이 생명인

데 죽음은 그 기운이 다하면 흩어져서 제자리로 돌아가는 것이다. 오리는 온전하게 자기에게 부여된 삶을 다 살고 죽음을 앞에 두고 있다. 이제 죽음이라는 과정을 통해서 하늘의 몫은 하늘로 퍼지고, 땅의 몫은 흙으로 스미고, 숨은 바람으로 돌아가고, 열기는 불로 화하게 될 것이다. 남은 이들은 오리와의 추억을 떠올리며 안타까워하고 후회하고 슬퍼하며 오리의 몸을 매장하거나 화장을 하고 혼을 위해서 향을 피워 제사를 지낼 것이다. 백은 실체가 있어 공간을 점유하는 물질의 세계이지만 혼은 헤아릴 수 없고 신비스러우며 무형적인 비물질의 세계이니 말이다. 따라서 비물질의 세계인 혼은 보려 해도 보이지 않고 들으려 해도 들리지 않지만 늘 우리 곁에 공기의 정령으로 바람처럼 있을 것이다. 우리가 살면서 알아보지 못했던 '튤립을 든 죽음'이라는 그림자처럼 말이다. 이러한 신들이 늘 우리 곁에 있음을 알아차리는 것이 우리의 자세를 경건하게 할 것이다. 고수레를 하고 음복을 한 후 옥상에서 내려왔다.

집수리가 시작되었다

어느새 봉황동 290번지로 출근한다고 말하기 시작했다. 불을 켜도 실내는 컴컴하고 막막했다. 실제도 그러하거니와 이 공간을 대하는 우리의 마음 자체도 그랬을 것이다. 우선, 방마다 붙어있는 문들을 떼어냈다. 그러자 12평밖에 안 되는 작은 공간이 하나로 연결되면서 숨길이 통하는 것 같았다. 방 3개, 마루, 다락방, 부엌, 화장실을 실측한 후, 현재 상황 그대로 평면도를 그렸다. 그 평면도를 바탕으로 우리가 원하는 공간을 하나씩 하나씩 만들어가기로 했다.

문간방은 한뼘미술관 갤러리, 건넌방과 안방 사이에 벽을 트고 다락방과 부엌까지 연결되는 공간은 책방으로 구상했다. 그러면 방과 방이 연결되고 부엌으로 내려가는 느낌과 다락으로 올라가는 계단에 운동감이 살아나서 재밌는 책방이 될 것 같았다. 하지만, 본채를 수리하기 전까지 차를 준비할 정도의 부엌과 화장실은 필요했다. 화장실은 부엌 한 구석에 있었는데 어둡고 비좁고 축축하고 비위생적인 상태였다. 매일 밤 다락으로 올라가는 계단 밑, 부엌에 붙어있는 화장실을 어떻게 하면 좋을지 고민했다. 위치 이동은 엄두를 낼 수 없는 일이었

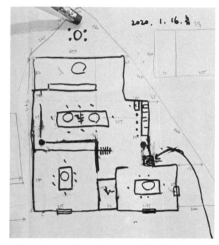

실측도면 위에 아스테이트지를 놓고 디자인해보았다.

다. 때문에 부엌과 화장실 사이에 나무로 덧댔던 벽과 화장실에서 안채로 통하는 문을 뜯어낸 후, 붉은 벽돌로 조적을 하고 알루미늄 문을 ABS 도어로 교체하기로 했다. 썩은 나무 창문은 떼어낸 후 시스템 창호를 넣어 빛을 끌어들이고 환풍기를 달아 공기 순환을 시키는 방식으로 수리하기로 했다. 붉은 벽돌이 수리한 흔적을 고스란히 보여줄 뿐만 아니라 1970년대의 생활모습도 상상할 수 있는 공간이 될 것이었다.

나는 창의력을 요하는 일을 할 때, 백지상태에서 시작하는 것보다 제한이 있을 때 더 재미를 느끼는 편인데 이번에는 머리가 많이 아팠다. 좁은 공간에 이미 정해진 밀도가 너무 높고 장애물이 많았으며 수평 수직도 맞지 않아서 탈이 날 지경이었다.

'밤이 선생'이라고 했는데 몇 밤을 자고 나도 이것 이상의 '선생'은 찾아오지 않았다. 대신에 일이 되게 하는 힘, 장비가 찾아왔다. 우리가 직접 집수리를 하겠다는 소식을 들은 웅진요, 양미숙 작가님이 철거할 때 쓰는 빠루 대·중·소, 도배할 때 쓰는 우마, 사다리, 돌을 실어 나를 수 있을 정도로 튼튼한 수레, 목장갑, 전기를 끌어다 쓰는 긴 전선 등등 이름도 모르고 처음 보는 장비들을 가득 싣고 왔다. 차에 실려있는 장비들은 보는 것만으로도 당황스러울 정도로 거칠었다. 도대체 어디에 쓰는 물건인지 낯설었다. 크고 억세고 우람한 장비들을 보는 순간, 심상치 않은 분위기가 엄습해왔다. 그리고 얼마 지나지 않아서 알았다. 이렇게 낡고 오래된 집을 해체할 때는 그것을 상대할 수 있는 그와 비슷하거나 그보다 더 거칠고 억센 장비가 필요하다는 것을. 우리가 해체할 때마다 그때그때 필요한 장비들이 거기에 있어주었다.

그러니까 우리는 아무것도 몰랐다. '집수리'를 한다는 것이 어느 정도의 노동력이 들어가는지, 어느 정도의 장비를 갖춰야 하는지, 어느 정도의 기술을 필요로 하는 일인지 말이다. 그런 우리에게 작업실을 직접 짓고 수리하면서 살아가는 분이 필수적인 장비를 가져다준 것이었다. 이렇게 아무런 준비도 없이 앞으로 일어날 일들을 예견할 수 없는 상태에서 집수리가 시작되었다.

카프카의 안전모와 집을 짓는 재료들

부엌에 있는 상부장을 내리다가 발을 삐끗했다. 아무것도 아닌 일에 통증을 느끼면서 마음이 쪼그라져 버렸다. 이러다가 다치면 어쩌지? 육체노동에 익숙하지 못한 나는 잔뜩 위축되어 머뭇거렸다. 이어서 부엌 천장을 뜯어보고 싶었는데 주문한 안전모가 도착할 때까지 참기로 했다. 체코 노동자 상해보험회사에서 근무하며 습작하던 소설가 프란츠 카프카는 공사 현장에서 죽어가는 노동자들의 다양한 사례를 보면서 세계 최초로 산업용 안전모를 발명했다. 타인의 죽음이 '마음에 걸려' 만든 결과물이었다. 이 안전모를 발명하여 당시 노동자들의 사망률이 크게 감소했고 그 공로를 인정받아 1912년 미국 안전협회로부터 상을 받기도 했다. 그만큼 노동 현장에서 안전모는 꼭 갖춰야 할 중요한 도구였고 우리나라에서도 공사 현장에서 반드시 갖추어야 할 안전 장비이다.

카프카의 발명에 이어 안전모는 가죽, 알루미늄, 유리 섬유, 열가소성 플라스틱, 폴리카보네이트, 만 볼트의 감전을 견디는 소재 등 다양하게 발전해오고 있다. 요즘은 라디오, 선풍기, 블루투스 전화기, 카메라가 내장되어 안전뿐만 아니라 작업환경을 개선하는 안전모도 있다. 인류에 꼭 필요했던 안전모는 계속해서 후대로 이어질 뿐만 아니라 좀 더 나은 방식으로 진화해오고 있다. 우리보다 100년이나 앞서 유럽에서 살다간 카프카의 은혜를 입게 되다니, 카프카와 우리가 연결되어있다는 느낌을 받았다.

부산에 있는 책방, 손목서가를 수리할 때 천장을 뜯는데 전기설비 배관에서 썩은 물이 쏟아졌다는 글을 읽은 적이 있다. 우리 집 부엌 천장은 나무가 아니라 플라스틱이고 위에 다락이 있어서 높이도 매우 낮기 때문에 만약에 안전모도 없이 철거를 하다가 썩은 물이 쏟아진다면 그대로 뒤집어쓸 판이었다. 그래서 꾹 참고 지난번에 털어놓은 합판과 스티로폼 그리고 커튼과 같은 생활 쓰레기를 치웠다. 황사용 마스크를 쓰고 고글을 착용하고 1시간 정도 일을 했는데도 먼지를 완전히 막지는 못했다. 건축 현장에서 행해지는 모든 일은 먼지를 제외하고는 설명하기 어렵다. 집수리할 때 나오는 진흙 먼지도 그렇지만 시멘트, 레미탈, 퍼티 등등 현대의 건축 재료 자체가 먼지와 독한 냄새를 유발했다. 그래서 방진복을 입고 방진 마스크를 쓰고 보안경과 장갑을 장착하고 작업했지만 먼지는 늘 우리를 괴롭혔고 괴롭힐 것이고 마지막엔 거대한 쓰레기로 남는다는 불편한 사실을 털어낼 수 없었다.

우리는 이런 거칠고 지저분한 노동에 대한 일머리도 없었고 요령도 부족했으며 안전 장비도 잘 몰랐다. 무조건 힘으로만 일을 하니까 조금만 해도 금방 피로감이 몰려왔고 손목이 아프고 팔이 아프고 허리가 아프고 목이 아파왔다. 노동의 근육은 꾸준히 일을 하다 보면 생길 것 같았지만 근육은 커녕 아프기만 했다. 육체노동으로 스스로 생산하며 몸과 정신의 균형을 이루며 살고 싶었지만 허약한 몸으로는 원활한 노동이 가능하지 않았다. 노동을 하기 전에 노동이 가능한 몸으로 전환하는 게 우선이었다. 그나마 준비되지 않은 몸으로 집수리를 할 수 있었던 것은 조언을 아끼지 않는 전문가들이 계셨고 우리 몸이 감당할 수 있을 정도의 시간과 강도로 노동량을 조절할 수 있었고 마감날이 유연했고 마음이 잘 맞은 덕분이었다.

겁이 나서 견적을 의뢰했다

서울에서는 머리와 마음을 쓰고 살았다면, 공주에서는 몸을 쓰며 살고 싶었다. 그래서 마음껏 수리해볼 아주 큰 장난감이 생겼다며 덤벼보기로 했다. 직접 수리를 하는 동안 이 집의 구조와 상태가 보일 것이고 코로나 시국이 어떻게 자리를 잡아갈지 그다음이 상상될 것 같았다. 주택에 살면서 어딘가 고장 날 때마다 동네 기술자들을 부르는데 대충 하는 시공이 맘에 들지 않았다. 집수리도 배워보고 비용도 절감하자고 덤비기는 했는데 시간 버리고 몸 아프고 못생긴 집 갖게 될까 봐 걱정도 되었다. 어르신들은 그러다가 다친다고 염려하며 철거업체에 맡기라고 했다. 하지만 우리는 집의 상태를 살피면서 천장부터 하나하나 뜯고 처마도 제거하고 전기와 상하수도, 지붕만 전문가에게 맡기고 인테리어는 직접 하기로 했다. 우리 몸과 마음에 그 경험을 새기면서 길담서원이 될 집이 어떠한 상태였는지 어떻게 수리했는지를 기록해 나가고자 했다.

　치수도 틀리게 재고, 기술도 없고, 공구도 제대로 갖추지 못했는데 가능할까? 자신은 없었지만 의기는 양양하게 봉황동 290번지를 오갔다. 그러던 어느 날 일이 벌어졌다. 잠시 산책을 나왔다가 들렀는데 집을 둘러싸고 도처에 엄청난 크기의 대못이 박혀있는 게 눈에 거슬렸다. 그거라도 뽑아주고 싶었다. 장도리를 들고 못을 뽑기 시작했는데 몇 개 뽑았더니 장도리 목이 부러져버렸다. 그래서 벽지를 제거하다가 처진 천장 귀퉁이에 붙어있는 청테이프를 뜯었다. 철거용역 작업을 하셨던 분 말씀이 쓰레기를 버리는 비용이 비싸고 귀찮아서 건축폐기물을 천장으로 올리고 마감을 하거나 마당에 묻는 경우가 있다고 했다. 궁금증이 도져 나머지 천장을 마저 뜯어 보았다. 다행히 폐기물은 없었고 2cm 정도 두께의 스티로폼이 놓여있었다. 천장 단열재로 올려놓은 것 같은데 접착을 하지 않아서 여기저기 흩어져 있었다. 저 안에 뭐가 들어있을까? 어떤 구조일까? 무척 궁금했지만 맞닥뜨리고 나니 갑갑해져왔다. 라디오가 궁금해서 분해했는데 재조립을 못 하는 것 같은 심정이었다. 저걸 뜯는 게 아니었다는 생각도 들었다. 일을 벌여놓고 더럭 겁이 나서 두 군데의 시공사에 견적을 의뢰했다.

　옥상 방수를 위해 방수전문업체 D건설과 리노베이션 전문업체 C건설을 소개받았다. 옥상에 올라가보니 시멘트 가루가 바시시 일어나고 흙먼지 더께가 잔뜩 끼어있었고 몇 개의 항아리

옥상에서 바라본 공산성

가 초라하게 놓여있었다. 앙상하게 늙은 할머니가 철 지난 옷을
입고 있는 애처로운 모양새였다. 집을 짓고 단 한 번도 방수한
적이 없는 집이라고 했다. 먼저, 강력한 수압 세척기로 묵은 때
를 벗겨내고 금이 간 곳을 메운 다음 세 번의 코팅을 한다고 했
다. 옥상과 계단까지는 업체에서 작업을 하지만 쇠로 된 난간이
나 처마 부분은 우리보고 하라고 했다. 비용을 얼마나 예상하느
냐고 묻기에 견적을 내달라고 했다. 기간은 날씨에 따라서 2~6
일이 걸리고 300만 원이 넘는다고 했다. 난간과 처마 부분도 포
함해서 견적을 내달라고 했다. 방을 터야 하는데 가능하냐고 물
었더니, 벽을 허물 경우는 H빔으로 구조 보강을 해야 한다고 했
다. 최소한 책꽂이 4개와 14명이 앉을 테이블을 한 공간에 놓고

방수를 한 번도 한 적이 없는 옥상 위에 항아리 몇 개가 놓여있다. 여기서 이 집에 사는 귀신들에게 인사를 드렸다.

싶은데 보강을 안 하면 불가능하다는 결론이었다.

　오후에는 대전에 있는 시공사와 미팅을 했다. 공사를 직접 하는 분은 아니고 현장을 방문해 공사견적을 내는 분이었다. 오전 건설사 사람들과는 달리 말에 군더더기가 없었다. 방수한 적이 없는 옥상은 손이 많이 가서 난간과 계단까지 포함해 최소 300만 원은 나올 것이라고 했다. 전기공사도 단열을 안 할 경우 전부 노출로 할 수밖에 없는데 그러면 일이 힘들다며 평당 12만 원 정도라고 했다. 오전 팀과는 달리 벽돌 한 장 얇게 쌓은 벽이라 헐어내면서 천장에서 보강하면 H빔을 설치하지 않아도 벽면을 털어낼 수 있다고 했다. 오래된 집일 경우 부엌과 화장실의 배관을 전부 교체하고 하수관을 설치하려면 방바닥을 깨야 한다고 했다. 헤어지면서 부분별로 견적을 넣을 테니 보고 빼고 싶은 부분은 빼고 하고 싶은 부분만 해도 된다고 했다. 한참이 지나도 견적서가 오지 않았다. 전화 연결이 되지 않아 문자를 남겼는데 여전히 답신이 없었다. 나중에 알고 보니, 오래된 집을 수리할 경우 인건비를 제하면 남는 게 없어서 업체에서 진행하지 않으려고 한다고 했다. 그 순간, 우리가 직접 집을 수리하면서 배우는 것도 있고 재미도 있을 것 같았던 기대와 약간의 긴장감은 어느새 두려움으로 바뀌었다. 우리의 자발적 선택이 아니라 할 수밖에 없는 상황으로 전개되고 있었다. 직접 집을 수리하는 일은 멋진 일이기는 한데 하다가 힘들면 언제든지 그만둘 수 있는 상황이 아닐 수도 있을 것 같았다.

결국 천천히 진행해보기로 했다. 2~3시간 해체를 마치고 KF94 마스크를 벗었는데 얼굴에도 시커먼 먼지가 쌓여있었다. 100L 마대자루 2개 분량의 쓰레기를 치우고 집에 와보니 파란색, 주홍색 안전모가 와있었다. '넌, 참 귀엽구나!'라는 말이 절로 나왔다. 먼지투성이의 거칠고 더럽고 묵은 쓰레기만 보다가 산뜻하고 맨질맨질한 플라스틱 안전모를 보니 귀여워보였다. 자고 일어나니 여기저기 몸이 아팠다.

이러한 과정을 페이스북에 올렸더니 파시브기술연구소 대표님이 '우리나라 시멘트 품질이 좋지 않아서 조적벽이 갑자기 무너질 가능성이 있고 목조 지붕이나 판재도 무너질 수가 있으니 전문가에게 자문을 구해야 한다. 힘을 많이 받는 내력벽이나 지붕보, 샛기둥을 찾아서 서포터로 붕괴 예방 조치를 해놓고 작업을 해야 한다. TV에 나오는 붕괴 현장, 추락사고 등은 남의 얘기가 아니니 안전화 신고 안전모도 착용해야 한다. 더 신경 쓴다면 포수들이 사용하는 것 같은 각반이나 보호 장구도 써라. 일의 절반 이상은 장비가 하는 것이니 현장보다 공구사를 먼저 일람하는 게 좋을 것'이라고 권했다.

2장

먼지의 시간

우리가 하는 이 행위는 철거라기보다는 해체에 좀 더 가까웠다. 철거가 부숴서 없애버리는 것이라면 해체는 지금 그대로를 지속할 수 없어서 다시 세우기 위한 작업이고, 그런 작업이 되어야 하니까. 즉, 다른 모습으로 가기 위한 해체였고 재구성을 위한 시간이었다. 우리는 먼지를 뒤집어쓰면서 해체를 이어나갔다.

철거가 파괴라면 해체는 사랑이다

공주로 이전하면서 농農적인 삶과 인문학을 연결하고 싶었다. 우리가 서울 서촌에서 밥상인문학이라고 이름 붙였던 웬델 베리의 정신이 좋은 농사를 짓는 농부의 생산물을 도시의 소비자가 구입하는 데에 머물렀다면, 그래서 좋은 농산물을 생산하는 농부들이 안정적으로 사는 데 보탬이 되고자 했다면, 이젠 우리 자신의 생을 스스로 책임질 수 있는 삶으로 바꾸고 싶었다.

우리가 생각한 농적인 삶의 기초는 스스로 몸을 써서 필요한 것을 만들고 고쳐쓰며 먹을거리를 길러내는 방식이었다. 그래서 공주에서 새로 시작하는 길담서원의 자리는 도심에서 조금은 떨어진 시골이었으면 했다. 밀농사를 지을 수 있고 자급이 가능한 텃밭이 있는 공간으로 이동하길 꿈꿨다. 그런데 여름나무가 도심에서 하자고 했다. 시골에서 흔히 일어나는 원주민과의 갈등을 염려하기도 했고 원도심이 워낙 마음에 들었다. 공주시 봉황동에 낡은 주택을 마련하고 직접 고치겠다고 했을 때 많은 분들이 염려를 하셨지만 우리는 우리가 사는 삶의 근원을 들여다보고 온몸으로 겪어내는 방식을 선택했다. '선택'이라고 했지만 현실은 여러 가지 상황이 온몸으로 밀고 나갈 수밖에 없는 방향으로 이끌었다.

우리가 경제적으로 넉넉하고 거친 손이 하는 말을 듣지 못했다면 실행하지 않았을 것이다. 건축가에게 대부분의 과정을 맡기고 눈으로만 볼 것이었다. 그런데 우리는 이 집을 몸으로 겪으며 시대 상황과 주택구조와 장식과 남기고 간 쓰레기들을 통해서 평범한 사람들의 삶을 읽어나갔다. 생전 본 적도 없던 빠루라는 도구를 들고 천장의 합판을 뜯기 위해 휘청거리며 버거워하기도 했고, 벽지를 하나하나 벗겨내고 청소하면서 더러운 것이 깨끗해지는 데서 오는 쾌감도 느꼈다. 가난이 시키는 일이 뭔지도 알아갔다. 천장 속이 어떻게 생겼을지 두 눈으로 확인하고 싶었고, 상량문이 있을까? 있다면 어떤 서체로 어떤 내용이 담겨있을까? 설렘과 긴장이 함께하는 시간이 견딜 만하고 즐길 만했다. 물론 그러한 시간의 결과물이 상량문이 아니라 썩은 판재 천장과 고양이, 쥐 사체의 흔적이라는 게 마음 쓰렸지만 우리 손으로 낡고 못난 집을 쓸 만하게 만들고 있다고 생각하니 그리 나쁘지는 않았다.

집을 철거하는 장면을 영상으로 본 적이 있는데 포크레인으로 지붕을 찍어 눌러서 잡고 좌우로 흔들었다. 집의 마지막은

천장 철거는 전선을 끊고 무늬목 합판을 뜯어내면서 시작되었다.

그렇게 처참하게 쓰레기로 변했다. 철거는 타인의 삶의 터전을 살피지 않고 싹 밀어버리는 행위이고 흔적을 지워버리는 일이다. 어떠한 권력에 의해 내쫓고 내쫓기는 소설을 읽으며 주인공들의 눈물과 아픔에 공감하며 자랐다. 그냥 쫓기는 것이 아니라 안식처이자 피난처인 집 안에서 집 밖으로 쫓기는 것이 내쫓김이다. 철거는 그렇게 무시무시한 폭력이 담겨있는 말이었다. 그 언어를 의심 없이 썼다. 그런데 강남순 선생님의 데리다 강의를 듣고 책을 읽다가 '철거'라는 말이 지금 우리가 하는 집수리에는 어울리지 않는다고 생각했다. 이 집을 수리하는 것은 기본적으로 '해체'이지만 지워서 없애는 부분도 있으니 '철거'와 '해체'를 구분하여 쓰기로 했다. 실체를 파악하고 고쳐서 길담서원을 만들겠다는 행위는 어설프고 두려운 만남을 받아들이는 것이기도 하지만, 대상을 알고자 하는 호기심과 사랑 없이는 불가능한 일이니까 말이다.

우선 집의 뼈대를 살피면서 집을 둘러싸고 있는 거친 쓰레기를 치우기 시작했다. 천장을 뜯고 뜯어낸 것을 다시 활용할 것과 버릴 것으로 분류했다. 낡고 보잘것없는 집이 먼지 속으로 사라지지 않고 어떻게든 살아남을 수 있도록 애를 썼다. 따라서 우리가 하는 이 행위는 철거라기보다는 해체에 좀 더 가까웠다. 철거가 부숴서 없애버리는 것이라면 해체는 지금 그대로를 지속할 수 없어서 다시 세우기 위한 작업이고, 그런 작업이 되어야 하니까. 즉, 다른 모습으로 가기 위한 해체였고 재구성을 위한 시간이었다. 우리는 먼지를 뒤집어쓰면서 해체를 이어나갔다.

　머리부터 발끝까지 깨끗하게 씻고 소파에 앉았는데도 코끝에 흙먼지의 냄새가 달려있는 것 같았다. 모든 것을 흔들어서 해체하고 다시 새롭게 세운다는 것은 고통이나 인내를 동반하지 않고는 성사되기 힘든 모양이다.

솜털처럼 가벼워진 고양이

　눈이 온 다음 날이었다. 고양이들이 축제를 한 흔적이 있었다. 눈 위의 발자국들을 보니, 그냥 지나간 게 아니고 쫓고 쫓긴 흔적도 아니며 무언가 재미있는 일이 벌어진 움직임이었다.

　천장 해체를 시작했다. 사다리와 우마를 놓고 그 위에 올라서서 빠루를 들고 천장의 합판을 뜯기 시작했다. 빠루가 얼마나 무거운지 큰 것과 중간 것은 들기도 힘들 정도여서 작은 빠루를 들고 해체를 하는데도 몸이 휘청거렸다. 그 엄청나게 무거운 힘으로 단단하게 고정된 천장의 합판을 지렛대의 원리로 뜯어내는 일이었다. 집을 해체할 때 꼭 필요한 도구였다. 이 도구를 어떻게 활용하는지 반복적으로 일을 해가면서 그 다양한 쓰임을 터득했다. 아마도 빠루가 없었다면 효율이 엄청 떨어졌을 것이다. 절반 이상은 도구가 일을 한다던데 그 말의 의미를 닥쳐서 알았다.

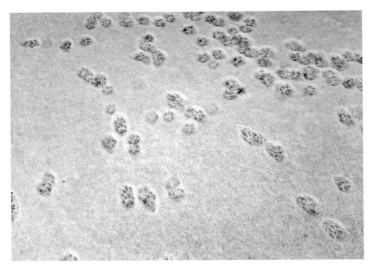
밤새 다녀간 고양이 발자국

　헌 집을 구입해서 먼저 고치기 시작한 지인이 천장을 뜯는데 거의 화석에 가까운 쥐가 나와서 엄청 놀랐다고 했다. 그런 일이 일어날 수 있으니 단단히 각오하라고 했지만 정상적인 천장으로 보여서 크게 걱정하지 않았다. 혹시 쓸데가 있을지도 모른다는 생각에 거실 천장 합판은 8개의 나무 문양이 다치지 않게 그대로 뜯어냈다. 두 번째도 그렇게 뜯었다. 천장을 올려다보며 합판을 뜯다 보니 고글엔 습기가 차고 안전모를 쓴 머리에서는 땀이 뚝뚝 떨어졌다. 몇 개의 합판을 계속 뜯어나갔다. 이상한 냄새가 났다. 흙이 손목을 타고 팔로 들어왔다. 서늘한 기운이 흘러 소스라치게 놀랐다. 소름이 돋았다. 털어내고 다시 합판을 뜯는데 너무도 완벽한 검은 고양이 사체가 합판에 붙어 내려왔다. 무방비 상태의 습격이었다. 어떻게 해야 할지 난감해서 판에 붙은 대로 놔두고 도망을 쳤다.

　퇴근해서도 그 모습이 계속 떠오르고 신경이 쓰였다. 집에까지 그 '소름 돋음'이 따라와있었다. 헛구역질이 났다. 밤새 다짐을 하고 나갔지만 용기가 나지 않았다. 며칠이 그렇게 흘렀다. 힘든 일이나 어려운 일이 있으면 도와주겠다던 이웃들 얼굴이 떠올랐다. '여기 고양이가 죽어있다. 그 죽은 고양이를 땅에 묻는 일은 어려운 일일까, 힘든 일일까?' 생각했다. 우리가 무거워서 못 하는 일도 아니고 기술이 없어서 못 하는 일도 아니다. 이런 일이 있을 때마다 도움을 청할 수는 없다. 묵묵히 하나하나 해결해나가는 것 말고는 방법이 없었다. 마당 한 귀퉁이를 팠다. 그러고도 시간이 흘렀다. 거기에 죽은 고양이를 묻었다. 고양이를 땅에 묻어주고서야 우리도 마음의 안정을 찾았다. 어른 말 듣지 않으면 험한 꼴 보면서 산다더니 우리가 그래서 이런 일을 하게 되는 모양이었다.

　해체를 계속했다. 봄날처럼 포근한 날이었다. 제일 깨끗한 문간방을 간단히 정리하고 거기에 작업복이라든지 공구들을 모아두자고 했다. 문간방은 창문도 시스템 창이고 벽도 석고보드와 단열재로 수리가 되어있었다. 그래서 벽지만 뜯어내려고 했는데 천장에서 흙이 조금씩 조금씩 흘러내렸다. 이상한 냄새도 났다. 지상에서 처음 맡아보는 냄새였다. 천장도 그냥 두면 안

될 것 같았다. 천장 벽지를 뜯는데 갑자기 벽지의 배가 불뚝해졌다. 살살 뜯는데 냄새는 진해졌고 흙은 쏟아졌다. 그 틈으로 올려다보니 엉성한 판재가 보였고 합판이 썩어 있었다. 이 냄새였구나! 먼저 벽지와 합판을 뜯어내고 다시 무늬목 합판과 스티로폼을 뜯었다. 남동쪽 지붕에서 빛이 들어왔다. 판재도 썩어 있었다. 지붕이 새는데 그걸 근본적으로 고치지를 않고 대충 천장에 합판치고 도배해서 산 모양이었다. 합판을 뜯었는데 뭔가 검은 솜뭉치 같은 게 붙어 나왔다. 고글 안에는 뿌옇게 김이 서려 있어서 그냥 먼지 뭉치처럼 보였다.

"이게 뭐야? 뭔가 이상해!"

"그냥 먼지 뭉치 같아. 위에 구멍이 뚫려있으니까 바람이 들어와서 먼지가 뭉쳐졌나 봐."

"그래?"

의심의 눈초리를 거두지 않고 천장 철거를 계속하는데 이번에는 그보다 더 큰 뭉치가 합판에 붙어서 내려왔다. 다시, 여름나무가 말했다.

"아니야! 저기 발 같은 게 보여."

"어디?"

"이 냄새 너무 이상해! 고양이가 여기 갇혀서 굶어 죽은 거 같아!"

"여기서 썩어서 저렇게 가벼워진 거라고?"

"어, 그런 거 같아!"

합판에 묻어 내려온 그것이 솜뭉치처럼 펄럭였다. 천장에 가득했던 냄새는 고양이 사체 썩는 냄새였다. 그럼 아까 버린 그 먼지 뭉치도 그와 비슷한 어떤 생명의 마지막 흔적일 터였다. 냄새도 냄새였지만 생각이 많아져서 더 이상 일을 계속할 수가 없었다. 그냥 털만 남은 고양이를 뜯은 벽지로 싸서 합판 묶은 틈에 끼워 넣었다. 육신이 남아있다면 묻어주겠지만 털만 남은 고양이를 그냥 그렇게 보냈다. 아마도 잘 보이지 않아서 이렇게나마 할 수 있었는지도 모르겠다.

보이는 게 다가 아니어서 심사가 복잡해졌다. 고통스럽게 굶어 죽어간 고양이 사체들을 연거푸 만나고 나니 마음에 구멍이 뚫린 것 같았다. 하지만 이렇게 천장을 해체함으로써 고양이의 원혼이 악령이 되어 떠돌지 않고 혼은 혼대로 바람 속에 흩어지고 백은 백대로 흙으로 스밀 기회를 얻었으니 다행이라고 여겼다. 그 이미지가 지워지지 않아서 고통스러웠지만 쏟아지는 흙먼지와 함께 박제되어있던 고양이의 혼과 백도 자유로워질 것 같았다. 작고 연약한 영혼들이 늦게나마 제자리로 돌아가길 빌었다.

먼지폭탄이 터졌다

　날도 흐리고 찌뿌둥해서 유난히 출근하기가 싫었다. 주 5일, 3시간 이상 일하자고 약속을 했는데도 몸이 움직여주질 않아서 뭉그적거리는데 여름나무가 먼저 작업복을 챙겨 입었고 나도 그제야 일어섰다. 방진복, 방진 마스크, 고글, 안전모 등등을 갖추고 나섰다.

　건넌방과 안방의 천장을 털기로 했다. 먼저 건넌방 전선을 끊고 형광등에 연결된 나사를 풀고 박스테이프를 뜯었다. 뜯는데 마른 진흙 냄새가 났고 호로록 먼지가 날렸다. 천장을 뜯기 시작하자 계속해서 뭔가 묵직함이 느껴졌다. 몰딩 바깥쪽을 털고 올려다보니 서쪽에서 빛이 들어오고 판재 천장 위에는 큰 벌집 2개가 있었다. 이미 벌들은 떠나고 없었다. 자세히 살펴보니 작은 벌집 2개가 더 있었다. 찰스 다윈이 낭비가 전혀 없는 완벽한 구조물이라고 한, 섬세하게 지어진 육각형 벌들의 집이었다.

천장에서 나온 벌집, 원형대로 떼어보려고 했지만 쉽게 부서졌다.

벌은 원형으로 집을 짓는데 시간이 지나면서 벌의 체온에 의해 밀랍이 말랑말랑해지고 표면장력이 작용하여 육각형 모양으로 바뀐다고 한다. 이렇게 구조적으로 완벽하고 조형미를 갖춘 벌집은 이미 벌이 떠난 지 오래된 것 같았다. 벌집을 살리고 싶어서 살살 내렸는데도 금방 부서졌다. 사람 떠난 빈집이 그렇듯이 벌이 떠난 벌집도 껍데기만 간신히 붙어있었던 것 같았다.

몰딩 바깥쪽을 먼저 털고 안쪽을 터는데 점점 천장의 묵직함이 더해져왔다. 열십자형 상에 의지해 붙여놓은 합판을 빠루의 일자 부분으로 벌리고 ㄱ자 부분으로 잡아당겼다. 누런 흙먼지가 쏟아져내려 어질할 정도로 앞이 보이지 않았다. 잠시 쉬어야 했다. 그만두고 집에 가고 싶었지만, 이런 모습을 내일도 보고 싶지는 않아서 계속했다. 안방도 털기 시작했는데 그 냄새가 났다. 저번에 문간방 털 때 났던 냄새였다. 우리는 고글 속에서 눈을 마주 보고 잠시 멈칫했지만 물러나지 않았다. 뭔가 나올 것이라는 각오를 하고 계속하는데 주먹보다 더 큰 벽돌 하나가 우마 위로 뚝 떨어졌다. 안전모를 쓰고 고글을 쓰고 어깨를 보호하는 장비까지 갖춰야 한다고 강조한 시인처럼 님이 떠올랐다.

우리가 맡았던 그 냄새도 계속되었고 언제 어디서 시멘트 덩어리가 떨어질지 모른다고 생각하니 두렵고 심란해졌다. 날도 을씨년스러운데 밖에서 검은 고양이가 야옹야옹 울면서 오갔다. 뭔가 불길한 기운이 느껴졌다. 돌이 떨어져서 맞을지도 몰라, 우마에서 발을 헛디뎌서 떨어질지도 몰라, 적당히 다치는 건 괜찮지만 그래도 다치고 싶지 않아! 별생각이 다 들었다. 지금 두렵다고 우마에서 내려온다면 다시는 못 올라갈 것 같았다. 이 고비를 잘 넘겨야 다음 스텝이 가능하다고 마음을 다스리며 큰 우마와 작은 우마 사이를 오가며 천장 뜯기를 계속했다. 크고 작은 돌멩이 그리고 흙덩어리들이 우마 위로, 방바닥으로 툭툭툭 떨어졌다. 코가 적응을 했는지 긴장을 해서 그런지 냄새는 그렇게 지독하지 않았다. 이번에는 내가 봤다. 쥐꼬리였다. 스티로폼과 함께 떨어진 흙더미 속으로 풀썩 내려앉았다. 잠깐 멈칫했지만 그만두지 않았다. 냄새도 먼지와 함께 어디론가 사라진 듯했다.

'마들렌과 홍차'도 아니고 우리가 이 집을 떠올리는 하나의 방식이 고양이와 쥐의 몸이 썩는 냄새라는 데서 서글퍼졌다. 이번에는 마저 뜯고 마무리했다. 몸은 점점 적응해가는 듯했지만 마음의 구멍은 커지고 머리는 복잡해졌다. 혹시나 천장에서 상량문이 나올까 했던 기대는 마른 쥐의 사체가 나오는 것으로 끝나버렸다. 이제 다락방과 부엌 천장만 남았다. 겉으로는 정상적으로 보이는 다락방마저 뜯어볼 것인지 말 것인지 기로에 서있었다.

쉽게 할 일을 어렵게 하고 사고 치며 배우는 우리

작은 뜰에 초록이 깊어지고 있었다. 나비가 날고 벌이 오고 고양이들이 새끼를 낳아 길렀다. 작약은 낮이 되면 꽃잎을 열고 밤이 되면 닫으며 피어있었다. 기품과 색이 마치 모란 같았다. 날이 맑게 개서 기분이 좋았다. 무화과 절임을 넣은 빵, 사과, 계란, 한 줌의 견과류, 커피로 아침 식사를 하고 나섰다. 일락산과 봉황산 자락의 밤나무들이 더운 날 일시에 꽃을 피우면서 향기를 내뿜는데 도시 전체가 어지러웠다. 공주시는 밤의 도시라는 존재감을 밤꽃 향으로 진하게 드러냈다.

장비가 늘어나기 시작했다. 공사가 본격적으로 진행된다는 신호였다. 그라인더를 샀고 에어콤프레서, 타카도 샀다. 수도 계량기를 잠그고 그라인더에 석재용 다이아몬드 날을 끼워 보일러 분배기 관들을 잘랐다. 보일러 몸체에는 기름통과 4개의 관이 분배기에 연결되어 있는데 분배기를 통해서 방으로 들어가는 같은 수의 관이 있다. 그리고 수도에서 찬물이 들어오는 관과 온수용 관이 있다. 1개의 보일러에 10개의 관이 연결되어 있는 것이다. 덜덜 떨면서 그라인더를 무려 20번을 돌려 보일러 2개, 기름통 2개에 연결된 모든 PVC관을 잘라서 분리 배출했다. 보일러 엑셀 파이프에 차있는 오래 묵어 지저분한 물을 에어건을 이용해서 뺐다. 그런데 수도가 연결된 관에서 물이 계속 나왔다. 밸브 위를 잘랐다면 밸브를 잠그면 그만인데 아래를 잘라서 물이 계속 나오는 것 같았다. 보일러와 수도가 연결된 관에 엑셀 캡을 씌워서 물이 새지 않게 했다. 우리 몸이 각기 다른 기관과 연결되어있고 각 기관의 역할이 있듯이 보일러 역시 하나의 시스템에 의해서 움직이는 구조체였다. 그것을 제대로 공부하지 않고 버릴 것이라고 아무데나 함부로 잘라서 일어난 일이었다. 쉽게 할 일을 어렵게 하고 사고를 치면서 배우는 사람

보일러 엑셀 파이프를 자르고 에어건으로 남아있는 물을 뺐다.

차양을 걷어내자 햇빛이 쑤욱 들어왔다.

이 있다는데 그게 우리였다.

　그렇게 잘라낸 보일러와 기름통을 대형수레에 싣고 밖으로 뺐다. 여름나무는 그라인더를 돌리느라 긴장해서 힘이 빠졌고 나는 워낙 체력이 약해서 보일러 2개와 기름통 2개를 끌어내면서 이리저리 부딪쳐 종아리에 멍이 들고 손목도 시큰했다. 안 하던 일을 준비 없이 하면 꼭 몸이 상한다. 기름통 1개가 더 있는데 기름이 많이 남아있었다. 우금치전적지 근처에서 집수리를 하며 그림 그리는 동아 님이 기름을 가져가고 있었다. 몇 차례 가져가면서 1년은 족히 쓰고도 남을 것이라고 했다. 창틀이며 화장실 문 등을 뜯으면서 나온 목재들도 가져갔다. 우리가 돈 들여서 버려야 할 것을 누군가는 유용하게 쓸 수 있다니 좋은 일이었다.

천장 해체, 보일러 철거에 이어 현관 앞을 갑갑하게 막고 있는 차양을 걷어냈다. 불발기창 용도로 만들었을 것 같은 광창 중간에 각목을 대고 처마를 늘려서 차양을 쳤는데 비를 막으면서 빛까지 막고 있었다. 10×10 각재에 대못을 박아 앵글을 짜고 그 위에 플라스틱 골강판을 얹어 마무리한 것이었다. 각재에 깊이 박혀있는 대못을 펜치로 머리를 잡아 장도리에 걸어 못을 뽑고 빠루로 틈을 벌려서 각재들을 벽과 창틀에서 분리해내는 방식으로 해체했다. 차양이 내려앉자 거실로 빛이 쑤욱 들어왔다. 빛은 생명이고 기쁨이고 에너지이다. 이 모든 것을 추위 때문에 가리고 살았던 것이다.

처마에서 철거한 골강판은 잘라서 분리수거한 후 마대자루에 넣어 3,000원짜리 스티커를 붙여서 내놓고, 각재는 비를 피할 수 있는 곳에 쌓아뒀다. 이러한 고재는 바람과 빛에 노출되는 동안 단단해져서 뒤틀림도 없는 튼튼한 재료가 된다. 분리해낸 공업용 재료는 다시 쓸 수 없지만 자연재료는 얼마든지 다양하게 활용할 수 있다는 것을 배워갔다. 비바람이 문틀을 상하게 하지는 않을까? 걱정이 되기도 했지만 보기에는 시원했다. 이렇게 천장 해체, 보일러 철거, 차양 해체로 우리의 집수리는 본격화되었다.

이 집의 무늬 위에 길담서원의 무늬를 입혀볼 차례가 되었다. 마침 윌리엄 모리스가 곁에 있었다. 그는 이렇게 말했다.

"노동은 개인의 자유의지에 따라 이루어지는 창조 행위이다. 자본주의 사회에서 노동은 고통의 상징이 되었지만 노동이 즐거움이 되고 예술 행위가 될 수 있다면, 인간의 삶은 보다 아름답고 이상적으로 변할 것이다."라고. 우리는 『윌리엄 모리스 평전』을 읽으면서 이 집의 수리를 시작했고 3시간 노동 후 돌아와 깨끗이 씻고 좋은 식사를 한 후, 1만 보의 걸음을 걷고 매일 밤 조금씩 책을 읽어나가기로 했다. 하지만 노동의 강도가 강해질수록 산책은 뜸해졌고 책으로부터도 멀어졌다.

왜 공부를 안 해?

소파에 누워 흘러가는 구름을 보며 발장난을 치고 있는 나에게 여름나무가 불쑥 한마디 했다. '무슨 생각으로 셀프 집수리를 하겠다고 덤빈 거야? 나 부려먹으려고 그런 거야? 왜 공부를 안해?' 나는 미안하기도 하고 적당한 대답을 찾지 못해서 웃음이 터졌는데 멈춰지지가 않았다. 기가 막힌다는 듯이 여름나무도 웃었다.

가만히 생각해보니, 어느 순간 나는 집수리에 관해 공부하는 일을 놓아버렸다. 일이 끝나면 집에 와서 씻고 저녁 식사를 한 후에 그날 수리한 일에 대해 정리를 하고 다음 날 할 일에 대해서 공부하는 게 순서였다. 그런데 어느 순간부터 점검하는 공부도 앞으로 할 일에 대한 공부도 안 했다. 다행히도 여름나무는 영화를 보거나 음악을 듣는 것보다 집수리 영상을 보는 걸 좋아하고 스스로 집을 고친 친구가 있어서 카카오톡을 주고받으며 배우고 있었다. 그러다 보니, 여름나무가 밤새 공부한 내용을 설명해주면 그에 따라 시키는 대로 몸을 쓰는 일이 잦았다.

바닥공사를 할 차례였다. 사람들은 이 단계에서 나무, 타일, 데코타일, 강화마루를 까는데 우리는 에폭시를 치기로 했다. 먼저 방바닥을 진공청소기로 청소한 후, 퍼티로 깨진 부분을 메꾸고 레미탈로 보강하고 프라이머를 1시간 간격으로 2번 바르고 건조되면 바로 자동수평 몰탈을 치고 에폭시를 부었다. 수평 몰탈은 두 종류가 있는데 SL30은 바닥으로부터 10mm 이상 두께로 부어야 막이 형성되는 제품이고 SL15는 최소 5mm 이상만 치면 되는 제품이다. 우리는 5mm보다 높아지면 문지방 밖으로 수평 몰탈이 흐르기 때문에 SL15를 선택했다. 건재상에 SL15를 주문했는데 새로 들여온 수평 몰탈이 SL30이라며 가지고 왔다. SL30은 10mm 이상 쳐야 막이 형성되는 제품이기 때문에 문

퍼티로 깨진 부분을 메꾼 복도　　　　수평 몰탈을 치기 전에 1차 프라이머를 바른 복도

지방으로 넘쳐서 안 되고 5mm만 치면 하자가 생긴다고 구체적으로 설명을 해서 반품했다. 일을 중단하고 SL15를 구하러 나섰다. 원도심은 물론 금강 건너 신관에서도 찾지 못해서 결국 세종시까지 갔는데 가격이 공주시보다 비쌌다. 8포를 사 와서 교반기로 풀어서 부었다. 보통 방 하나에 4포 정도 들어갔다.

딱 맞는 제품이 없는 경우 대부분의 공사 현장에서는 빨리 일을 진행해야 하기 때문에 SL30을 5mm로 친다. 이래서 하자가 발생한다. 하지만 건축주가 이 차이를 알지 못하면 눈앞에서 이런 일이 벌어져도 모른다. 그들은 우리가 묻는 질문에 대부분, '괜찮아요. 다들 이렇게 해요!'라고 대답하기 때문이다. 건축주가 내용을 알아야 시공 현장에 가도 의미가 있다. 모르면 밥이나 사는 호구가 되는 것이다.

이어 바닥을 매끈하게 하는 에폭시 작업을 했다. 바닥은 프라이머를 2번, 2~3시간 간격으로 바르고 건조되면 에폭시도 같은 방식으로 진행해야 하는데 비가 오락가락해서 고생을 했다. 에폭시 1차 바르고 3시간이 지났다. 만져보니 지문이 찍혔다. 그래서 선풍기를 틀어놓고 말렸지만 밤 10시가 되어도 여전히 지문이 묻어났다. 여름나무가 발로 살짝 밟아보더니 아까보다는 괜찮다고 2차 에폭시를 칠해도 될 것 같다고 했다. 에폭시 주제와 경화제를 5:1로 붓고 교반기로 5분 이상 섞어서 붓과 롤러로 칠했다. 프라이머 작업 2회와 에폭시 2회, 총 4회를 칠하고 바닥 작업을 마무리했다. 이제 건조되기만 기다리면 되는데 보

2차 프라이머를 바른 건넌방

수평 몰탈을 친 안방

통 3일 정도 걸린다고 했다. 이런 작업을 제품설명서 읽고 검색하고 영상 보고 카카오톡으로 상담을 받으며 했다. 일이 거의 끝나갈 무렵에 이렇게 먼지가 많고 힘든 작업이라면 데코타일을 선택할걸 하는 후회도 들었지만 이미 너무 늦었다.

하루에 보통은 3~4시간 정도만 일을 했는데, 수평 몰탈을 치고 에폭시를 할 때는 마르는 속도에 맞춰서 다음 공정을 진행해야 했기 때문에 6~7시간씩 힘겨운 노동을 해야 했다. 같은 일을 하면서 기초체력이 낮은 데다 시키는 일만 했던 나는 '죽을 것만 같다'고 말하고, 체력 좋고 일의 흐름을 장악하고 있으며 성취감을 느낀 여름나무는 '재밌다'고 말했다. 헤드랜턴을 쓰고 밤늦게까지 일을 하고 마치 두더지처럼 현장에서 기어나와 집으로 향했다. 가장 더러웠던 순간이 천장을 해체할 때라면 가장 힘들었

석장리에서 본 금강가 버드나무

던 순간은 바닥에 수평 몰탈과 에폭시를 할 때였다. 온갖 먼지와 과도한 작업량, 멈출 수 없는 현장의 속성을 감내하면서 막 노동이라는 게 무엇인지 체득한 순간이었다.

석장리박물관에 있는 고고학자 파른 손보기 기념관에 들렀다. 우거진 싸리나무 위, 가을 하늘엔 반달이 있고 우리나라 구석기 첫 발굴지라는 깃발이 펄럭이고 있었다. 노란 가을빛이 좋고 저녁 바람이 선선했다. 금강을 멍하게 바라봤다. 입구에 산딸나무 열매가 지천으로 떨어져있어서 주웠다. 채집인으로 살고 싶었다.

전기가 들어오자 노동 시간이 길어졌다

　『월든』에서 소로우는 '모든 지성은 아침과 함께 깨어난다'는 브라만교의 경전을 들어, '모든 기억할 만한 사건은 아침의 대기 속에서 일어난다'고 했다. 하지만 우리에게 7시는 새벽이었다. 찌르레기나 귀뚜라미 정도가 깨어있는 시간이지 우리는 깊은 잠에 취해있을 시간이었다. 현장에 도착했으나 몸은 여전히 잠이라는 관성으로 돌아가려 했다. 쉴 새 없이 담배를 피워대면서 반말을 하는 기사님이 사각박스와 팔각박스를 다락방과 거실 천장에 설치하면서 전기공사는 시작되었다. 우리는 콘센트와 스위치의 위치를 알려주었다. 기존의 전선관을 살릴 수 있는 부분은 '요비선'으로 길을 내고 새로운 전선을 넣어서 연결했다. 시멘트 벽돌로 쌓은 화장실 벽은 '까대기'를 해서 관을 묻었다. 에어컨 콘센트는 천장에 매립하고 루버를 쳐서 마감하기로 했다. 하지만 새로 전선을 설치하는 부엌과 다락방은 난연관을 이용해서 외부로 노출할 수밖에 없었다.

공사하는 모습을 지켜보니 펜치로 전선을 벗겨서 절연테이프로 칭칭 감으며 설치를 하고 있었다. 내가 전선 커넥터를 쓰면 간편하게 빨리 할 수 있는데 왜 절연테이프를 쓰느냐고 물었다. 기사님은 전선 커넥터는 불량률이 많고 튼튼하지 않다고 답했다. 관공서에서는 전선 커넥터를 쓰지 않을 경우 공사를 맡기지 않는데 그건 문제가 있다고까지 했다. 불량률은 어떤지 모르겠지만 집에 있는 몇 개의 전선 커넥터를 경험한 바로는 매우 단단히 연결되어 빠지지 않았다. 또한 전선과 같이 빨강, 노랑, 초록, 파랑, 검정 색깔별로 맞춰서 쓰면 어떤 선이 어디로 연결되었는지 구분이 확실해서 실용적이고 깔끔하고 합선의 위험도 적을 것 같았다. 보편적으로 새로운 도구는 기존의 문제점을 개선하고 편리한 방향으로 진화되어왔다는 점에서 기사님의 말씀에 동의할 수 없었다. 그냥 손에 익은 절연테이프가 편해서 쓴다거나 경비가 적게 들어서 쓰는 게 아닐까 짐작할 뿐이다. 집수리를 하면서 몇몇 기사님들을 겪어보면 한번 몸에 익힌 기술만을 고집하고 새로운 기술을 받아들여 자기 기술을 업그레이드하는 분들이 드물었다. 전선을 연결하는 1차 전기공사는 점심시간 포함 8시간 만에 끝났다.

2차 작업은 우리가 준비해놓은 전등과 실링팬 설치였다. 실링팬은 엉망으로 달아서 우리가 다시 달아야 했다. 실링팬을 보강목에 달아야 한다니까 루버에만 고정해도 사람이 매달려도

집 밖에서 들어온 전기는 천장에 설치한 사각박스를 통해서 집 안에 불을 밝힌다.

한뼘미술관 레일조명

점검구를 통해서 본 허방으로 삐죽
솟은 4개의 나사

안 떨어진다고 했다. 30kg을 견뎌야 하기 때문에 루버는 약하니 보강목에 달아달라고 다시 말했다. 그랬더니 보강목과 루버 사이가 떠 있는데 긴 못이 없어서 안 된단다. 그러면 상에 달아달라고 했다. 나사가 들어갈 때 느낌으로 아는데 상에 들어갔다고 했다. 루버를 뚫을 때랑 각목을 뚫을 때랑 느낌이 다르다는 것

정도는 우리도 안다. 일을 마치고 갔는데 미심쩍어서 점검구로 올라가 보니 루버 위로 긴 나사못 4개가 허방에 삐죽이 올라와 있었다. 그들은 고치는 시늉만 하면서 루버 여기저기에 구멍만 뚫었던 것이다. 결국 달아놓은 실링팬을 내리고 긴 못을 구해서 보강목에 박는 것은 우리 몫이었다.

게다가 또 다른 실수가 있었다. 감전을 방지하기 위해 현장에서는 주로 어스선earth line이라고 부르는 접지선을 묻어야 한다. 그런데 기사님이 접지선은 묻을 필요가 없다고 잘라버리면서 실링팬에 있는 리모컨 신호체계인 천장 브래킷 연결선도 끊어버렸다. 다시 주문한 천장 브래킷 연결선이 도착해서 사장이 시공하겠다고 왔는데, 몰라서 헤매면서도 매뉴얼을 안 본다. 시간은 가는데 계속 전선을 연결하여 커버에 집어넣고 닫으려고만 했다. 우리가 아래서 매뉴얼을 보고 '위에 있는 브래킷에 꽂는 것이라'고 알려줬다. '이게 여기에 안 들어갈 텐데……' 하면서 넣으니 쏙 들어갔다. 위아래가 바뀐 것 같아서 '평평한 면이 위로 가야 한다'고 알려줬더니 그렇게 했단다. 그런데 조립하고 전원 스위치를 올렸는데 불도 들어오지 않고 실링팬도 돌아가지 않았다. 다시 열어보니 평평한 면이 아래에 있었다. 우리는 아무 말도 안 했는데 그가 '전원 연결을 안 해서 그런 거'라고 했다. 우린 그의 능력을 떠나서 일하는 태도와 됨됨이를 알아버렸다.

집을 스스로 수리하다 보면 이것저것 찾아보고 공부를 하니까 보이는 것들이 있다. 우리 현장만 해도 상담과 계약은 사장이 하고 실제 공사는 직원인지 협력업체 사장인지 '형님'이라고 불리는 사람과 조수가 했다. 조수는 너무 뭘 모르는 일용직 같았고, '형님' 기술자는 그런 조수를 민망할 정도로 무시하면서 반말로 부려먹었다. 이런 환경이 저런 결과를 가져오는 것 같았다. 성실하게 제대로 일하는 기술자들도 어딘가에 있을 텐데 집수리와 관련해서는 인복이 없는지 계속 허방만 짚었다.

왜 집수리와 관련해서 대부분 사람들이 우리와 비슷한 경험을 할까? 시간이 지나서도 그 상황이 이해되지 않아 계속 생각하게 되었는데 목수인 먹쇠 님과 프랑스에서 살고 있는 토토로 님의 말이 힌트가 되었다. 우리나라는 프랑스처럼 체계적인 기술교육을 통해 노동자가 배출되는 것이 아니라, 현장에서 보조를 하면서 어깨너머로 배우거나 작은 기술학교, 농어촌 창업학교 같은 데서 단순한 기술방식만을 전수받다 보니 전문성이 낮고 직업의식을 키울 계기도 없었을 것이다. 게다가 현장은 일자체도 힘들고 사람들과의 관계도 매몰차고 척박한데 보수까지 박하다. 그러니 많은 경우, 이 현장에서 어쩔 수 없이 견뎌야 하는 사람들만 남기 때문에 자존감이 낮고 친절하지도 못하고 새로운 기술을 익혀서 좀 더 발전할 수 있는 여력이 없는 것 같았다. 너무 지치고 힘들어 자기 문제도 어쩌지 못하는 터라, 이 집에서 긴 시간 살아야 할 사람들이 겪을 불편함이 보이지 않았을 거라고 짐작하게 되었다. 그리고 퇴직금이라든지 연금과 같은 사회보장제도로부터 보호받지 못하는 문제점이 그대로 현장에서 드러나는 것으로 보였다. 우리가 전기공사에 지불한 비용에서 전기기사님과 일용직 노동자에게 돌아간 몫은 얼마나 될까? 노동자들의 태도를 보면 일한 만큼 분배가 되고 있지 않다는 얘기였다.

어쨌든 어둡던 길담서원에 불이 들어왔다. 불이 들어오자 갑자기 집이 따뜻하게 느껴졌다. 우리가 대부분 불을 주광색으로 들여서 그런지, 어둠과 함께 찬 기운도 물러나는 기분이었다. 집에 와서 동태국에 언니가 직접 키우고 담가서 보내준 총각김치로 밥을 먹었다. 슈톨렌 한 조각까지 먹고 나니 몸이 풀렸다. 불이 들어오고 몸이 풀리니 이제 마음에서 한 자락의 짐을 내려놓는 기분이었다.

하지만 불이 들어오자 일하는 시간이 길어졌다. 손목 아프고 배고프고 졸려서 밖을 보면 이미 어둠이 내려와있었다. 전에는 5시쯤이면 집에 왔는데 전기가 들어온 뒤로는 무려 7시쯤에 퇴근했다. 그러니까 평소보다 2시간을 더 일했다. 문명의 발달이 인간의 노동시간을 단축해줄 것이라고 예상했지만 더 착취하는 쪽으로 나아간 것처럼 말이다. 전깃불이 없을 땐, 어두워지면 멈췄던 우리의 노동시간이 한없이 늘어나고 있었다.

여름나무의 고집

문득, 왜 이러고 있지? 하는 생각이 들 때가 있다. 이 문제 덩어리인 집과 엎치락뒤치락 씨름을 하는 이유가 궁금한 것이다. 스스로 수리해보겠다고 한 말 때문에? 가진 돈이 없어서? 지저분하고 더러운 집이 깨끗해지고, 멈췄던 게 돌아가는 게 재미가 있어서? 아마도 이 모든 것이고 여기까지 했는데 끝까지 가보자는 오기도 한몫했을 것이다. 무엇보다도 많은 분들이 말리는데 몸으로 살아보겠다고 한 말에 대한 책임을 지고 있다는 생각이 들었다.

아침부터 비가 왔다. 이렇게 비가 오거나 무더운 날은 일을 피했는데 날이 갈수록 마음이 바빠져서 집수리를 하러 갔다. 비 오는 날 낮게 내려앉은 기압 때문인지 루버를 자를 때 나는 소나무 향이 좋았다. 시멘트 벽돌을 쌓고 미장을 할 때 나는 화학약품 냄새와는 다른 기분 좋은 향이었다. 1차 전기공사로 필요한

열반사단열재를 붙이고 상을 걸고 루버를 쳤다.

전선을 뽑아놓고 천장에 루버를 치기 시작했다. 먼저 작은방 천
장부터 루버를 쳤다. 작은방은 몰딩만 남았고 안방은 마지막 2
칸을 남겨두고 퇴근했다. 루버 작업은 암수암수 짝을 맞춰 마루
를 깔듯이 차곡차곡 끼워나가는 것인데 마지막엔 여분의 공간
이 없어서 작업하기가 까다로웠다. 가장 정밀한 작업을 해야 하

는 순간인데 비도 오고 힘도 빠지고 목도 아파서 기운이 좋은 아침으로 미루고 마무리했다. 먹쇠 님이 오브제를 통해서 과거의 시간과 지금의 고민을 동시에 본다며 기존의 개판蓋板 패턴들에 켜켜이 쌓여있는 독특함을 볼 수 있도록 유리나 폴리카보네이트로 천장 마감을 하라고 권했다. 루버를 쳐서 하나의 면으로 만들어버리면 너무 단조롭고, 세련미와는 거리가 먼 약간은 '멍청한' 느낌을 준다고까지 충고했지만 이미 너무 지쳤던 우리는 공정이 복잡해지는 것을 피했다. 즐거운 노동, 몰입하는 노동과는 달리, 우리 몸으로 감당할 수 있는 일반적인 방식을 택했다.

루버를 치다가 재밌는 일이 있었다. 여름나무는 웬만한 일에 고집을 피우지 않는 사람인데 263cm나 되는 긴 루버를 새로 산 작은 원형 톱으로 자르겠다고 덤볐다. 누가 봐도 이렇게 긴 나무를 켤 때는 플런지쏘plunge saw로 자르는 게 상식인데 말이다. 두 번 세 번 고집을 피우며 자르다가 루버를 삐뚜름하게 자르고, 받침 테이블까지 잘라먹은 후에야 플런지쏘로 다시 작업했다. 왜 고집을 피웠느냐고 물었더니, 힘이 빠진 상태여서 무거운 플런지쏘보다는 새로 산 작고 가볍고 귀여운 원형 톱을 사용해보고 싶었단다. 플런지쏘를 쓰려면 디월트 각도 절단기를 내려놓고 다시 설치해야 하는 게 귀찮았다고 덧붙였다.

가만히 생각해보니, 내가 손목이 아파서 일을 잘 못하니까 상대적으로 여름나무가 하는 일이 많아졌고, 그러다 보니 힘들어져서 꾀를 내기 시작한 게 아닌가 싶었다. 웬만해서 힘든 티를 내지 않는 편이라 내가 알아봐주고 챙겼어야 하는데 너무 나만 생각한 것 같았다.

게다가 퇴근해서는 아무 생각 없이 늘어져서 쉬고 싶은데 이것저것 주문할 것들이 많았다. 쇼핑을 좋아하지 않는 나는 슬쩍 빠져있었다. 성능을 분석하고 가격을 비교하며 끊임없이 선택하는 일은 육체노동이 끝나자마자 정신노동을 또 해야 하는 일이었다. 조명을 골라야 하고 타일을 골라야 하고 세면대를 골라야 했다. 우리가 원하는 건 품절이거나 세일이 끝난 뒤였다. 실링팬의 경우는 사용해본 경험도 없고 가격도 천차만별이고 디자인도 다양해서 뭘 골라야 할지 더 많이 헤매는 일이었다. 이러한 쇼핑도 일의 주도권을 잡고 있는 여름나무의 몫이었다.

저녁에 동생네가 와서 석장리박물관 앞에 펼쳐진 잔디밭을 걷고 강가를 산책하고 맛있는 거 사먹고 쉬었다. 외식을 좋아하지 않는 우리는 손님이 와도 집에서 먹는 편인데 집수리를 하면서는 퇴근길에 먹고 들어오거나 치킨이나 햄버거 등으로 때우기도 했다. 일이 너무 많다 보니 밥을 하고 반찬을 만들거나 빵을 굽는 일이 벅찼다.

무릎은 굽히고 팔은 펴고

벌써 가을이 와있었다. 하늘은 맑고 높은데 우리는 낮은 다락방 천장 아래서 셀 수 없이 계단을 오르내렸다. 마치 가을 다람쥐가 입안에 도토리를 가득 물고 풀방구리를 드나들며 겨울을 준비하듯이 루버와 줄자, 연필과 칼 그리고 목공각도자를 들고 꼬물거리며 다락방 계단을 오르내렸다.

일이 뒤죽박죽으로 돌아갔다. 다락방 천장은 뜯지 않겠다는 생각으로 반쯤 페인트칠도 했는데 뭔가 찜찜한 구석이 있었다. 혹시 다락방에서 책모임을 하더라도 천장이 깔끔해야 마음이 놓일 것 같았다. 천장 속을 확인하지 못한 상태에서 마감을 한다면 두고두고 신경이 쓰일 것이다. 한 걸음 늦더라도 확인하고 가기로 했다. 그래서 기온이 30도까지 올라간 뜨거운 여름에 또 해체를 시작했다. 천장을 뜯고 지붕과 벽 사이, 빛이 들어오는 부분에 시멘트 벽돌을 쌓고 미장을 하고 창문을 교체했다. 천장에 열반사단열재를 붙이고 상을 걸고 루버를 쳐야 했다. 집에서 나올 때는 다락방 천장 공사를 마치겠다고 장담했는데 수평 수 직이 맞지 않아서 3시간이 넘게 상을 거니 진땀이 났다. 벽돌은 거칠고 판재나무는 폭도 두께도 다르고 휘고 처져서 보강하고 깔끔하게 마감하는 게 쉽지 않았다. 현재의 상태에 맞춰서 삐뚤 어진 곳은 삐뚤어진 대로 울퉁불퉁한 곳은 울퉁불퉁한 대로 수 리해야 했다.

단열재를 ㄷ자 타카로 박는데 자꾸 떨어져서 엄청 고생했 다. 접착단열재를 샀으면 고생이 덜했을 텐데 몇 푼 아끼려다가 고생은 고생대로 하고 마감은 깔끔하게 되지 않았다. 단열재가 고르게 붙지 않았으니 루버 치는 게 쉬울 리 없었다. 너무 힘들 어서 루버를 5개 정도 쳐놓고 물러났다가 다시 하고 다시 했다. 천장이 낮아서 무릎은 굽히고 팔은 펴고 올려다보면서 굴곡진 곳을 보강해갔다. 바닥에는 연부 합판 5장으로 보강하고 카펫 을 깔았다. 나중에 난방이 필요하면 전기패널을 설치할 생각이 다. 다락방 바닥 작업을 마치고 다락과 안방 사이에 있는 벽장 을 반으로 나눠서 위는 긴 트인 창으로 두고 아래는 오디오장을 만들었다. 여기도 수평 수직이 맞지 않아서 재고 자르고 끼워보 고 다시 자르고 끼워보고 수십 번을 했더니 손목이 저렸다. 나 중에 쉽게 하는 방법을 알았지만 다시 할 일은 없었다.

머리와 마음으로 일하던 사람이 몸으로 무엇인가를 변화시 킨다는 것은 그만큼 힘든 일이었다. 고통스럽지 않을 수 없었

다락방 천장에 루버를 치고 바닥에 합판을 깔고 불을 밝혔다.

다. 그 시간을 통과하면서 육체의 한계 지점까지 밀어붙여서 일해서는 안 된다는 걸 알았다. 특히 여름에는 더 그렇다. 몸의 반응은 한 템포 늦게 오기 때문에 한계치를 넘지 않도록 적절한 선에서 절제하는 게 필요했다. 한계치에서 멈추게 되면 몸은 그이상의 고통을 겪게 된다. 할머니들이 무더운 여름에 밭에서 고추를 따다가 돌아가시는 경우가 그래서다. 노동은 앞으로 쓸 힘을 당겨서 미리 쓰는 일이다. 지구가 5도 더 높아지면 기후위기라고 하는데 5도가 더 높아졌다고 인지하는 순간 이미 지구는 위기의 순간을 넘어 위험에 처하게 되는 것이다. 그래서 다부진 몸을 만드는 일부터가 집수리에 해당된다.

다락방 수리하는 데만 1달은 걸린 것 같았다. 한 가지 공정만 계속하는 것이 아니라 다른 일을 동시에 진행해서 늦어지기도 했지만 일이 워낙 벅찼다. 한 박자씩 쉬어가지 않고서는 힘든 일이었다. 너무 하기 싫고 힘들어서 조금 하다 도망가고를 반복했다. 다락방 수리를 끝내고 나오는데 하늘이 바다같이 보였다. 수평선이 펼쳐지고 파도에 포말이 부서지고 있었다. 바닷가 모래 위에 누워 눈도 씻고 귀도 씻고 싶었지만 집으로 왔다. 툇마루에 앉아 하늘을 보며 동물원의 「혜화동」을 듣다가 맨발로 마당으로 내려가 풀을 뽑았다.

계단보강

다락으로 올라가는 계단의 삐걱대는 소리가 계속 거슬렸다. 계단 폭은 넓은데 구조가 헐거워져서 가운데 부분이 아래로 처져있었다. 오르내릴 때마다 불안했다. 세로축을 보강하는데 이종국 작가님이 상판을 하나 더 얹는 게 낫다고 했다. 얹고 보니, 원자재와 새로 보강한 자재가 어울리지 못하고 따로 놀아 지저분하기까지 했다. 풀리지 않고 머리만 아팠다. 퇴근해서 발터 벤야민의 산문집 『일방통행로』를 읽다가 '계단주의'에 머물렀다.

계단주의

좋은 산문을 쓰는 과정에는 세 단계가 있는데 구성을 생각하는 음악적 단계, 조립을 하는 건축적 단계 그리고 마지막으로 짜맞추는 직물적 단계.

– 『일방통행로』(발터 벤야민, 새물결) 중

1928년 발간된 이 책은 자본주의가 꽃을 피우기 시작하는 프랑스 파리에서 길을 걷다가 마주치는 이미지를 철학적 상상력으로 그려낸 산문집이다. '계단주의'와 좋은 산문은 그럴듯한 연관성이 없다. 그런데 그는 '계단주의'라는 이미지에서 어찌하여 '좋은 산문을 쓰는 작업'을 상상했을까? 나는 으젠느 앗제가 찍은 그 무렵의 사진을 바탕으로 상상해본다. 앗제는 중세의 사라져가는 풍경을 중심으로 사진을 찍었다. 낮에는 많은 사람이 몰려다녔을 아케이드 풍경도 담고 가스등이 켜진 늦은 밤이나 사람이 없는 새벽의 파리 풍경도 담았다. 벤야민은 그 길을 걷는다. 일방통행로다. 앞으로는 갈 수 있지만 뒤로는 갈 수 없다. 자본주의라는 흐름이 그렇다. 이미 지나쳐버린 어떤 것에 대하여 그리워할 수는 있지만 되돌릴 수는 없다. 거기서 격동기에 앗제가 남긴 사라져가는 작고 소소한 이미지들을 발견한다.

　　과학기술의 발달로 새로 지어지는 건축물에 인공적인 재료로 계단들이 생겼을 것이다. 계단은 미끄러웠을 것이고 사고가 잦았을지도 모른다. 그러나 벤야민은 계단주의에서 다른 사유를 한다. 글을 쓸 때의 주의사항!? 지상으로부터 계단이 반복되다가 계단참이 나오고 다시 반복되며 계단참이 나오고 목적지인 문에 다다르는 계단의 이미지와 기능에서 글쓰기를 연상하지 않았을까? 지상은 청각에 의존해서 상상한 것을 구상하는 음악적 단계, 다음 층은 소리를 눈에 보이는 실체로 구현하는 건축적 단계, 목적지는 이러한 이미지를 짜맞춰 글이 되게 하는

계단에 상판을 얹어서 보강하고 정면에 합판을 대고 빨간색을 칠한 후 책을 세워놓았다.

직물적 단계, 글쓰기를 섬세하게 구성하고 셀 수 없이 수정하는 단계로 생각했을까? 글text이란 악보나 직물textile을 의미하기도 하니까. 벤야민은 저렇게 한 문장으로 써버렸고 사람들은 '계단주의'와 '좋은 산문을 쓰는 작업' 사이에 놓인 커다란 강을 건너기 위해 무수히 많은 글로 된 돌을 던지고 있다.

우리의 계단보강은 여전히 '계단주의'처럼 풀리지 않았다. 미뤄두고 다른 일들을 하다가 합판으로 보강하고 샌딩하여 아마씨 오일을 먹였다. 그런대로 통일감 있고 봐줄 만했지만 주워온 합판으로 보강한 맨 위 칸이 오일을 먹여도 효과가 없었다. 얇고 가볍고 약하고 먼지도 많더니 허옇게 튀어서 거슬렸다. 이름은 다 같이 합판이라고 불리지만 제작하는 공장에 따라, 가격에 따라 차이가 있는데 질이 너무 낮았다. 도배를 할까? 천을 붙일까? 그림을 그릴까? 풀리지 않았다. 다시 물러났다가 아크릴 물감 중에 양이 제일 많은 빨강으로 칠했다. 손에 잡히는 대로 이 책 저 책을 가져다가 비스듬한 계단 전면에 놓아봤다. 알록달록한 책 표지들이 붉은색과 그런대로 어울렸다.

갈고 닦고 칠하고

봉황동 집 대문은 둥근 스테인리스스틸 손잡이에 학과 소나무 문양이 새겨져 있는 초록색 철문이다. 역사적으로 학 문양이라고 하면 고려시대 청자인 상감운학문매병을 비롯하여 조선시대 흉배에서도 그 연원을 찾을 수 있다. 학은 길상무늬인 구름과 주로 짝을 맞추어왔다. 구름은 천상의 이미지이고 학은 지상과 천상을 연결하며 상승과 하강을 반복하는 매개자이다. 그래서 조선시대에 무신들의 흉배에는 호랑이 무늬를, 문신들의 흉배에는 학 무늬를 사용했다. 십장생인 학과 소나무는 궁중 장식화로도 그려졌는데, 그 학과 소나무가 1978년에 지어진 평범한 가정집 대문 손잡이에 새겨져있다. 호랑이가 아니고 학 문양인 연원은 문신을 높이 샀던 유교적인 가치관에 기대어, 자손들이 현재의 삶에서 벗어나 다른 차원의 삶을 살기 바라는 마음을 담아서일 것이다. 이 집에 살았던 부부는 자녀들을 공무원과 교사로 키웠다고 자랑스레 말했다. 한자리에 뿌리내리고 늘 푸른 소나무처럼 안정되게 살고 싶은 마음과 어디든지 성공해서 훨훨 날아갈 수 있는 학의 자유로움이 우리가 꿈꾸는 양면성을 보여주기도 한다. 그러나 디자인이 아름다우면 좋으련만 조악하기 이를 데가 없다.

윌리엄 모리스는 장인이 사라진 시대에 공장에서 생산되는 조악한 상품들로 거리가 장식되는 것을 못 견디게 괴로워했다. 산업혁명 이전 장인들의 미적인 안목을 잃어버리고 자본주의

초록색 녹슨 대문에 손잡이만 새것 같이 빛난다.

시장에서 거래되는 기능만 남은 상품들이 노동자들의 삶을 더 척박하게 한다고 봤는데, 지금 여기, 대한민국에서는 그러한 시대의 산물들이 복고의 바람을 타고 소비되고 있다.

대문 안으로 들어서면 출입문은 간유리를 낀 미닫이 홑문이고 방문은 합판에 작은 간유리를 낀 여닫이문이 나온다. 위에는 팔각형 무늬를 넣은 불발기창이다. 창문도 간유리를 끼운 겹문이다. 간유리frosted glass는 젖빛유리라고도 하는데, 채광 기능은 하지만 유리 너머를 들여다보거나 내다볼 수 없는 유리이다. 이 집에는 간유리도 구름무늬, 헤링본, 줄무늬 등등 다양하다.

코끝은 맵고 하늘은 파랬다. 방문들을 없애고 창문과 현관문을 떼어내서 물청소를 했다. 창틀과 문틀의 먼지는 끌과 칼로 긁어내고 사포로 샌딩하고 오일을 흠뻑 발랐다. 현관문 4짝을 먼저 작업했다. 문틀을 샌딩할 때마다 그 위로 하얗고 오래된 먼지가 피어올랐다. 거친 120방 사포로 갈아내고 400방 사포로 마무리하고 집진기로 빨아들이고 에어콤프레서로 털어내고 걸레로 닦은 후 고운 천으로 아마씨 오일을 문질렀다. 세수한 듯 깨끗해진 문이 되었다. 나무로 된 문은 시스템 창호처럼 매끄럽고 균일하지 않아서 틈과 굴곡이 많았는데 이런 부분은 손으로 사포질을 했다. 손가락과 손목이 엄청나게 아팠지만 멈출 수가 없었다. 담장에 기대어 놓고 오일을 바르던 중, 간유리 사이로 햇빛이 들어와 그림자를 만드는데 그게 예뻐서 가만히 들여다봤다. 이거구나! 시스템 창호에는 없는 거, 겨울에 덜컹대

불발기창 아래 구름무늬, 줄무늬, 헤링본 등 다양한 간유리를 닦아서 끼웠다.

면서 문과 문틀 사이로 바람이 들어와서 추웠을 것이다. 불편함을 감수하면서 쓸 수밖에 없었던 사람들이 이 덜컹거리는 문에서 들어오는 찬바람을 견디며 살아온 정서가 거기에 묻어있는 것 같았다. 4시쯤 되니 해가 넘어가서 오일이 뭉치기 시작했다. 5~6시간을 물질, 사포질을 하고 오일을 바르고 나니 힘이 빠졌고 신발도 젖었고 손목까지 얼얼했다. 퇴근해서 파라핀 배스에 손과 발을 담갔다.

하룻밤 자고 나서 다시 시작했다. 닦은 현관문을 끼고 보니 새끼손가락 하나가 들락날락할 만큼 문틈이 벌어졌다. 양 끝에 나무를 잘라 쫄대를 대고 'ㄱ자 철물'로 고정했다. 망가진 잠금장치도 교체하는데 새로 설치하는 것보다 기존에 있던 거 풀어내는 게 더 힘들었다. 이미 한 몸이 되어버린 부분을 끌로 들어올려서 뽑아내거나 그라인더로 자르고 갈아낸다는 것은 물리적인 힘을 써서 강제로 이탈시켜 모양이나 형태를 변화시키는 일이다. 그러니 우리도 그만큼의 기술이 있어야 했고 그만큼의 힘을 써야 했다.

그라인더로 문틀을 갈아낼 때도 타일과 시멘트 벽돌을 자를 때도 먼지가 엄청났다. 옛날 연장들은 사람의 힘을 에너지로 삼다 보니 여자들이 다루기에 만만치 않았겠지만 먼지나 소음이 적고 사고의 위험도 덜했을 것이다. 하지만 요즘 연장들은 전기를 에너지로 쓰기 때문에 상대적으로 힘이 약한 사람들도 사용하기 편해졌다. 대신에 먼지가 엄청나고 소음이 컸으며 사고가 나면 크게 다쳤다. 우리가 각도 절단기라든지 그라인더, 샌딩기, 타카 등의 공구를 사용하기 시작하자 구름배 님이 가까운 응급실이 어디에 있는지 알아두고 늘 휴대폰을 가까이 두고 일하라고 충고했다. 각도 절단기나 그라인더에 손가락을 잘리기도 하고 다리에 타카가 박히는 사고가 난다고 했다. 우리는 안전장치가 있는 공구들을 사용했지만 그래도 긴장감을 늦출 수 없었다. 며칠 고생했더니 힘들고 먼지 나고 어려운 일이 끝났다.

가을이라 그런지 방문객이 많았다. 소년 님께서 언제쯤 오픈 예정이냐고 물었다. '첫눈이 오기 전엔 오픈해야지요.'라고 했더니 웃으셨다. 그치, 우리가 하고 있는 짓을 보면 웃기지. 내가 봐도 웃긴데……. 마당에 핀 구절초도 웃는 것 같았다.

배윤슬 씨, 도와줘요!

　예전에는 닥나무로 만든 한지를 여러 겹 붙여 벽지로 썼다. 아주 고급스러운 벽지는 물속에서 피는 마름꽃의 무늬를 목판에 새기고 한지에 눌러 은은한 무늬가 생기도록 만들었다. 때에 따라 마름꽃에 색을 입혀 치장하기도 했고 백수백복百壽百福이라는 글자에 색을 넣기도 했다. 한지는 질기고 색이 고울 뿐만 아니라 냉기도 차단하고 소리도 흡수해서 방 안의 소리가 밖으로 흘러나가는 것을 줄여줬다. 그만큼 한지는 미감을 표현하고 방음과 보온의 역할도 하는 실용적인 재료였다.

　광목도 벽지나 창호지로 사용하다가 때가 타면 뜯어서 빨아 쓰기도 했다. 하지만 가난한 사람들은 흙바람벽 그대로 살았다. 우리도 예쁜 색의 광목이나 잔잔한 꽃무늬 리넨이 있다면 방 하나 정도는 천으로 도배를 해도 좋겠다 싶었지만 빼곡하게 책꽂이를 놓을 수밖에 없는 상황에서 가장 쉬운 방법으로 페인트를

한뼘미술관 도배를 하고 힘들게 낸 작은 창으로 밖을 내다봤다.

선택했다. 복도는 윤근 씨가 보내준 실크 벽지를 바르고 한뼘미술관에는 씨실과 날실이 살아있어서 못을 박아도 흔적이 적게 남는 지사 벽지를 바르기로 했는데 벽지 계산을 틀리게 해서 문제가 생겼다.

내가 귀찮아서 벽지에 대한 자료 조사를 대충하고 실행한 데서 실수가 있었다. 여름나무가 진행했으면 이런 불찰은 없었을 것이다. 벽지를 바를 때도 여름나무는 혹시 부족할지 모르니까 벽부터 바르자고 했는데, 나는 우리가 주문한 지사 벽지가 생각과 달리 너무 성근 편이어서 맘에 들지 않았다. 그래서 조금 부족하면 핑계 삼아 한 면 정도는 포인트 벽지를 붙일 속셈이었다. 그 때문에 천장이 바르기 어려우니까 힘이 있을 때 힘든 거 먼저 하자고 했다. 그런데 벽지가 턱없이 부족했다. 분명 3평용을 주문했는데 천장과 한쪽 벽에 붙이고 나니 벽지가 없었다. 벽지 한 롤에 자그마치 167,000원이나 주고 샀는데 말이다. 나는 풀이 죽었다. 뒤늦게 알아보니 벽지나 페인트의 필요량을 계산할 때 3평용이라 하면, 3평이 되는 방 하나를 천장까지 전부 도배할 수 있는 양이 아니라 바닥면적 기준이었다. 출입문을 빼고 3면의 벽과 천장을 발라야 하니까 우리가 한뼘미술관을 전부 도배하려면 3롤은 주문했어야 했다. 처음부터 그럴 줄 알았으면 여름나무 말대로 천장은 흰색 일반 벽지를 발랐을 텐데 너무 아까웠다. 그래서 나머지 3면은 윤근 씨에게 부탁해서 롤링 라이트블루 실크 벽지를 붙였다. 당분간은 초대전을 할 것도 아니고 있는 작품 걸어놓고 판매할 예정이라서 자주 못을 칠 일은 없을 것 같았다.

실크 벽지 도배는 정말 어려웠다. 실크 벽지로 도배를 하기 위해서는 처음에 부직포 초배지를 붙이고 그것이 마른 다음에 벽지와 벽지가 만날 지점에 한지로 된 운용지를 붙여야 한다. 그 후에야 실크 벽지를 붙인다. 도배의 원리도, 실크 벽지의 물성도 몰라서 헤매며 하다 보니 엉망이었다. 특히 도배지와 도배지가 만나는 솔기가 딱 맞아야 하는 데 맞지 않았고, 겹쳐진 방향이 안쪽을 향해 있어야 이음선이 안 보이는데 그것마저도 바깥쪽을 향하게 했다.

벽지가 넓고 길고 게다가 잘 붙지도 않고 조금만 당기면 찢어져서 고생했다. 벽지를 붙이고 우마에서 내려오다가 자로 긁어서 찢어먹고 다시 붙이기도 해서 어떤 날은 2장 붙이고 멈춘 날도 있다. 세상에 쉬운 건 말뿐이고 실행은 언제나 어려웠다. 일을 도와주러 온 친구가 아무도 알아보지 못할 거라고 위로를 했지만 문제는 우리가 안다는 것이었다. 정말 '청년 도배사 배윤슬' 씨를 모시고 싶은 심정이었다. 배윤슬 씨라면 하루도 안 걸렸을 공간을 어렵고 힘들게 2주 만에 끝냈다. 이어 목공작업이 기다리고 있었다.

집수리를 하고 퇴근할 때 잊지 않고 사진을 찍으려고 했다. 이렇게 어설프게 도배를 했는데도 사진을 찍어보면 제법 그럴듯하게 보였다. 사진을 찍고 그걸 계속 들여다보면 우리가 실수한 게 뭔지, 어떻게 수리해나가야 할지 방향이 보이기도 했다. 일종의 객관화 과정인데, 실제보다 사진이 잘 나와서 이만하면 괜찮다는 생각이 드는 게 흠이었다.

3장

멈췄던 게 돌아가고
미웠던 게 예뻐지고

수없이 많은 종류의 도구 중에서 우리 상황에 꼭 맞고
금액도 적절한 도구를 선택하는 일이 무척 어려웠다.
도구를 다루는 방법을 배우고 익혀서 적용하기까지는
더 많은 시간이 들었다. 이 시대의 기술은 손기술이
아니라 도구를 얼마나 유연하게 다룰 수 있느냐에 달
려있었다.

조적과 미장, 죽을 것만 같다

스테빌라 수평계가 왔다. 작지만 예리한 눈을 가진 여름나무도, 비교적 수평 수직을 잘 읽는 눈을 가졌다고 평가받는 나도, 벽돌을 감각에만 의존해서 쌓을 수는 없어서 수평계와 레이저 레벨기를 사기로 했다. 레이저 레벨기는 뭘 골라야 할지도 모르겠고 비싸기도 해서 머뭇거리다가 조적을 다 해버려서 안 샀다. 수없이 많은 종류의 도구 중에서 우리 상황에 꼭 맞고 금액도 적절한 도구를 선택하는 일이 무척 어려웠다. 도구를 다루는 방법을 배우고 익혀서 적용하기까지는 더 많은 시간이 들었다. 이 시대의 기술은 손기술이 아니라 도구를 얼마나 유연하게 다룰 수 있느냐에 달려있었다.

'덤프할 공간이 있느냐?'고 묻더니 덤프트럭의 화물칸이 들리면서 벽돌이 쏟아졌다. 동네가 울리고 바닥이 깨지는 줄 알았다. 시멘트 벽돌 700장을 부어놓고 갔다. 쏟아놓은 벽돌을 가져

덤프트럭이 700장의 시멘트 벽돌을 쏟아붓자 온 동네가 울렸다.

다 쓰기 편한 곳에 차곡차곡 쌓는 일부터 조적은 시작되었다. 계속 비가 오락가락해서 그런지 벽돌이 젖어서 무거웠다. 젖은 벽돌로 담을 쌓는 게 아니라고 해서 마를 때까지 기다렸다.

무더운 여름날 조적과 미장을 시작했다. 조적은 벽돌쌓기이고 미장은 쌓은 벽돌 위에 시멘트 몰탈을 바르는 일이다. 우선, 화장실과 부엌 사이에 벽을 만들어야 했고, 화장실에서 본채로 통하는 뒷문이 있던 자리를 막아야 했고, 부엌에 있는 썩은 나무 창틀을 뜯어내고 창문 크기를 줄여야 했다. 일정한 간격으로 벽돌을 쌓고 미장을 하다가 잠시 쉬는데 뒷마당 한쪽에 까마중이 하얀 꽃을 피우고 햇빛을 받고 있었다. 『너는 너의 삶을 바꿔야 한다』라는 책을 보면 로댕이 성당에 부조를 찍는 장면이 나온다. 축적된 경험과 미감을 가진 장인으로부터 가르침을 받는 부분인데 그게 바로 나뭇잎을 석회에 찍는 것이다. 까마중 순을 따다가 발라놓은 벽에 잎의 무늬와 줄기가 잘 드러나도록 꼬옥 눌러서 찍었다. 떼지 않고 자연스럽게 말라서 떨어져나가도록 두기로 했다. 벽돌을 1m 정도 쌓고 시멘트가 굳은 후 이어서 쌓고 미장을 하는데 핸드폰 들기도 힘들 정도로 손목이 아팠고 발목까지 아파왔다. 집에 와서 파라핀 배스에 손과 발을 담갔다. 피로감은 몸의 상태에 따라서 달랐다. 내가 체력의 한계점에 다다랐다면 나보다 체력이 좋은 여름나무는 여력이 있었다. 그래서인지 '그만하자, 힘들다.'라고 말하는 쪽은 늘 나였다. 한여름에 조적하고 바닥에 수평 몰탈을 할 때도, 내가 입에 달고 산 말

화장실에서 본채로 통하는 뒷문을 없애고 조적을 하는 중이다.

은 '아, 죽을 것만 같다!'였다. 이틀 정도 쉬었더니 회복된 듯해서 다시 현장에 나갔다.

나는 주로 시멘트를 물과 혼합하는 일을 하고 여름나무가 미장을 했는데 쉬는 동안 유튜브를 반복해서 보던 여름나무의 몸짓이 달라졌다. 창문을 미장할 때와 달리 흙손을 다루는 요령을 터득한 듯 시멘트 몰탈이 조적한 벽에 착착 붙었고 표면이 매끈하게 다듬어졌다. 몰탈의 농도, 흙손의 각도, 손목의 힘을 어떻게 조절하면 되는지 알았다고 했다. 여름나무의 얼굴에 웃음이 번졌다. 여름나무는 시멘트 몰탈을 어떻게 다루면 되는지 그 즐거움을 알아갔지만 나는 여전히 너무 힘이 들어 그만두고 싶었다. 하지만 그만두고 싶어도 그만둘 수 없고 하고 싶지 않아도 멈출 수 없는 것이 우리의 처지였다. 시멘트 몰탈이 굳는 속도

부엌 창문 아래 미장을 하다가 잠시 쉬는 틈을 타서 까마중순을 따다가 꼬옥 눌러 붙였다.

에 따라서 몸을 움직여야만 했다. 우리가 하는 일이 식물을 자라게 하는 것도 아니고 열매를 수확하는 것도 아니지만 먼지의 시간이 지나고 나면 깨끗한 책방이 생긴다는 희망을 품고 열심히 움직였다.

일을 마치고 퇴근했다. 화장실에 사마귀가 들어와 앉아있었다. 사마귀를 마당으로 내보내고 더운물을 틀었다. 빗소리에 물소리가 섞이고 지드래곤의 목소리도 섞였다. 저녁을 먹고 나는 뻗어버렸는데 여름나무는 음악을 틀더니 빵 반죽을 하면서 흥얼거렸다.

한 뼘 창을 내다

　한뼘미술관은 동쪽으로 창문이 나있다. 공간이 워낙 좁고 갑갑해서 기존에 있던 창문을 완전히 가리지 않고 시선을 위한 작은 출구를 마련하고 싶었다. 해가 직접적으로 들어오면 그림에 영향을 미치기 때문에 벽체를 세우고 구멍을 2~3개 뚫어 바깥 풍경과 살짝 연결하고 싶었다. 창을 잘게 쪼갠 다양한 앵글을 통해서 시선이 열리고 시시각각 바뀌는 골목 풍경을 보여주고 싶었다. 그리고 이 창이 외벽 담장의 구멍들과 어울리면서 중첩된 레이어로 깊이감을 만들 수 있을 것이라고 기대했다.

　먼저 벽체 공사를 시작했다. 각재를 세우려면 콘크리트용 타카가 필요했다. 제일타카에서 나온 CT64를 구입하고 에어 콤프레서에 연결해서 한치각 각재를 박았다. 얼마나 힘이 좋은지 우리 몸이 뒤로 밀렸다. 밀리지 않으려면 타카의 뒤통수에 몸무게를 실어 손바닥으로 '탁' 잡아주거나 콤프레서의 공기

한뼘미술관에 3개의 창을 뚫으려고 했는데 1개밖에 못 뚫었다.

압을 5~8 사이로 두고 써야 했다. 남은 각재를 마저 박고 합판을 ㄷ자 타카로 쳤다. 구멍을 뚫고 거기에 넣을 상자를 각 22×40cm, 22×22cm, 30×30cm 크기로 만들어 효심1길로 들어오는 골목이 다양한 각도에서 보이도록 구멍을 내려고 했다. 바람은 들어오지 못하지만 빛이 들어오고 눈길이 통과하고 골목으로 열려있으니 변화하는 자연현상과 누군가가 오고 가는 모습을 이 프레임을 통해서 보고 싶었다. 그런데 창 하나를 만드느라 이틀을 야근했다. 갈 길은 먼데 겨울이 너무 빨리 왔다. 5시만 지나면 벌써 어둑해졌다. 특히 실내라 더 어두웠다. 헤드랜턴을 쓰고 야간 조명을 켜고 작업을 해도 자연채광만 못한 것은 너무도 당연했다. 전등을 달기 위해서는 선행되어야 할 작업들이 있는데 진도는 못 나가고 시간만 갔다.

이 부분을 해결해줄 목수를 찾을 생각도 했지만 알아보려면 시간이 걸리고 바로 작업하러 올 수 있는 상황도 아닐 것이었다. 무엇보다 우리도 많이 지쳐있는 상태여서 더 그랬을 것이다. 결국, 구멍 3개를 뚫기에는 너무 힘들고 시간도 없어서 하나의 창만 낸 상태에서 합판으로 막고 지사 벽지와 실크 벽지로 마감했다. 창밖도 문제이긴 한데 나중에 여유가 생기면 하자고 또 미뤘다. 이어 몰딩을 두르고 걸레받이를 치고 그림만 걸면 끝나는 단계까지 왔다. 대충 마감하고 손을 씻는데 몸속 저 아래에서 뜨거운 것이 올라왔다. 여기가 처음 고양이 사체를 만난 곳이었다. 우리의 작업이 고될 것임을 예고한 공간을 깨끗하게 정리한 것이다. 아무래도 한잔해야 했다. 건배!

다시 쓰인 나무들

    서울 서촌에서 언젠가 쓸모가 있겠지 하면서 주워뒀던 미송 상판, 옛 공주읍사무소에서 전시가벽을 철거하고 나온 합판, 봉황동 290번지 차양을 해체할 때 나온 각재 그리고 새로 산 나왕을 이용해서 싱크대를 짰다. 4종류의 목재가 모두 다른 느낌이라 어떻게 구성해야 조화를 이룰지 난감했다.

    헌 목재는 새 목재에 비해서 심적 부담이 덜 갔지만 만지다 보니 세월의 풍상을 그대로 겪은 나뭇결에 정이 갔다. 새 목재에는 없는 유일무이한 재료로서 이미 크기와 쓰임이 정해졌던 것이라 고유한 기능이 담겨있었다. 새 목재와는 달리 자기정체성이 뚜렷한 재료들이라 분해하고 잘라서 무엇을 만들려고 할 때 다루기가 쉽지 않았다.

    먼저 상판에 개수대 들어갈 구멍을 뚫었다. 그 구멍을 뚫느라고 너무 많은 시간과 에너지를 소진했다. 고생고생 하다가 너

무 힘들어서 잠깐 쉬는 틈에 번쩍 생각이 스쳤다. 아! 홀쏘로 네
귀퉁이에 구멍을 뚫고 플런지쏘로 잘랐다면 힘과 시간을 들이
지 않고 빠르고 깨끗하게 해결했을 텐데, 우리는 직쏘가 없다는
소리만 하면서 끌과 톱과 멀티쏘로 끙끙댔다. 결국 구멍도 말끔
하게 뚫어지지 않았다. 그나마 개수대를 넣으면 보이지 않는 게
다행이었다. 하루면 끝날 것 같았던 일이 늘어지기 시작했다.
쉽게 생각하고 설계도를 그리지 않고 에이프런을 짰다가 크기
계산을 잘못해서 해체하고 뒤늦게 설계도를 그려서 작업하느라

싱크대 상판에 개수대가 들어갈
자리를 뚫었다.

차양에서 뜯어낸 목재로 짠 싱크대 프레임

수선화 측을 닮은 초록빛을 칠해서 싱크대를 완성했다.

더 늦어졌다. 형식과 절차가 귀찮아서 개요도 작성하지 않고 논문 쓰겠다고 덤볐다가 헤매는 꼴이었다.

싱크대가 놓일 자리에 프레임을 갖다놓고 왼쪽 위는 서랍을 넣고 오른쪽은 2개의 문을 나왕으로 짜서 달았다. 나왕이라는 목재는 책꽂이 짜기에는 무난한데 싱크대 문처럼 보이는 면적이 넓은 데에는 적절하지 않았다. 게다가 부엌이 책방보다 낮게 있기 때문에 개수대가 들여다보여서 높이를 900cm로 했더니 문이 길어서 보기에도 좋지 않았다. 이어 서랍을 짜고 아래 외문을 짜야 하는데 문 하나를 짤 분량의 나무가 부족했다. 그래서 조각목재를 이어 집성판재를 만들기로 했다. 초보들이라 재단할 때 실수가 잦아서 조각목재들이 많이 나왔다. 조각보를 이어서 쓰던 조상님들의 지혜를 빌려 5mm 합판을 바닥에 깔고 나왕 조각들을 모자이크 하듯이 맞췄다. 여름나무는 테이블 위에서 각도절단기로 자르고 나는 바닥에 쪼그리고 앉아 퍼즐을 맞추듯이 직조해 나갔다. 3시간 이상 걸렸지만 무용할 것 같은 자투리가 많이 줄어서 기분 좋았다. 67×60cm 정도로 끼워 맞춰서 목공 본드로 붙여놓고 퇴근했다가 다음 날 샌딩하고 오일 발라서 집성목 판재를 만들었다. 하지만 쓸 수가 없었다. 여닫이 문은 가벼워야 하는데 너무 무거웠다. 게다가 여러 개의 나왕을 잘라 붙인 것이라 시선이 분산되어 정신도 없었다. 시간 들이고 힘들게 만들었지만 어울리지 않았다.

쏟아지는 해가 포근해서 마당에 나가보니 눈 쌓인 틈으로 수선화 촉이 올라왔다. 이제 곧 입춘이었다. 다시 부엌으로 들어가 싱크대 문 한쪽만 수선화 촉을 닮은 초록색을 칠하고 원목 그대로 손잡이를 달고 반대편 문에 초록색을 칠한 손잡이를 달았다. 그리고 가볍고 노리끼리한 합판으로 외문을 달았다. 다행히 색도 차분하고 오른쪽에 길게 초록으로 칠한 여닫이문과도 그런대로 어울렸다.

새 목재가 하얀 도화지라면 헌 목재는 밑그림이 그려진 도화지다. 이렇게 재활용하는 목재에는 이미 그 목재가 가지고 있는 이미지가 있다. 그 이미지를 바탕으로 이렇게 저렇게 머리로 상상할 때가 실행할 때보다 더 재밌다. 실행은 전문적인 기술을 요구해서 생각처럼 쉽게 되지 않고 상상 속의 분위기가 나지 않기 때문에 힘이 들었지만 몇 번의 시행착오 끝에 재밌는 싱크대가 되었다. 직접 가구를 짜면서 기성품에 없는 요소를 넣을 수 있어서 좋았다. 그게 고생하는 보람이라면 보람일 것이다.

춥고 거칠어지면 무뎌지는 법

목재를 주문하려고 제재소에 전화했다. '자재비가 오른다. 올랐다'라는 말을 정말 많이 들었다. 주문할 때마다 값이 올라 있었다. 아무리 그래도 지난달에 62,000원 주고 산 나왕 18T 가격이 무려 92,000원이라고 했다. 책꽂이를 짤 나왕, 서랍을 만들 연부합판, 뒤판에 붙일 니부합판까지 주문하고 부가가치세 더하고 배달비 35,000원까지 지불하고 나니 엄청난 비용이었다.

나왕 18T로 책꽂이 하나를 짜는 데 3장이 들어갔다. 요리조리 아껴서 재단했고 뒤판은 동네 산책하다가 주워온 합판을 대었는데도 그랬다. 여기에 우리 인건비를 합하면 사는 게 남는 일일지도 모르겠다. 신속하게 제작을 해야 해서 특별한 디자인을 할 수도 없는 상황이었다. 109×100cm 크기의 책꽂이 2개를 짤 나무를 재단하고 샌딩해서 오일을 바르고 조립하는 데 3일이

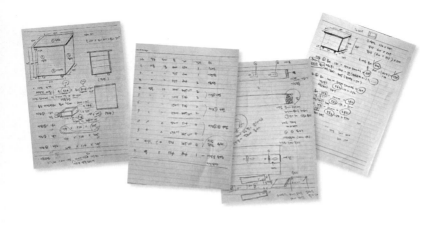

서랍장을 만들기 위한 설계도와 제작 중인 서랍장. 장갑을 벗고 손의 예민한 감각으로 모서리와 모서리를 딱 맞춰야했다.

나 걸렸다. 첫 번째는 오래 걸렸지만 두 번째부터는 금방 했다.

이어서 서랍장을 짰다. 서랍장은 복잡했다. 먼저 서랍통을 만들고 서랍의 앞판, 뒤판, 옆판, 밑판을 각각 다른 크기, 다른 종류로 재단했다. 그 뒤 샌딩해서 목공본드 바르고, 타카 쳐서 피스 박아 레일 달고, 앞판을 붙여서 오일 발라 마무리했다. 이렇게 필요한 서랍 수만큼 반복 작업해서 서랍통에 끼우고 뒤판과 발을 붙여서 완성했다. 아주 단순하게 제작했는데도 책장의 3~4배의 꼼꼼함과 시간을 요구하는 공정이었다.

춥고 눈보라가 치는 가운데 마당에서 서둘러 재단하다 보니 몸은 피곤하고 생각이 거칠어져서 실수가 잦았다. 큰 서랍장용 판재를 4개만 자르면 되는데 6개를 잘랐고 세로 높이를 가로 너비로 잘랐다. 꽤 많은 나무의 손실이 있었다. 상황이 안 좋을 때 일을 계속하면 그르칠 확률이 높아지고 그르친 일을 수습하려면 공력과 비용이 배로 든다. 이 사실을 깨닫고 한동안 여름나무와 나 사이에 말이 없었다. 엄청난 시간과 에너지가 소비될 징조였다. 다행히 미송 18T는 여유가 있었다. 여름나무는 단지 자기가 재단을 하고 플런지쏘를 잡았다는 이유로 미안해했고 나는 피곤하고 귀찮아서 생각하지 않고 시키는 것만 해서 미안했다. 그러면서도 여름나무가 잘 수습하겠지 하면서 맡겨뒀다. 그런데 또 잘못 잘랐다. 그제야 나도 생각이란 걸 하기 시작했고 서로 확인하면서 작업했다. 그다음부턴 실수 없이 마무리해서 서랍을 넣고 뒤판도 끼웠다.

처음엔 어렵지만 두 번째부터는 쉬워졌다. 반복해서 하다 보면 우리 몸에 각인된 일머리가 발동하는 모양이었다. 그 과정에서 손에 가시가 박혔다. 추위에 떨면서 가구를 짤 때는 몰랐는데 해가 잘 드는 마루에 앉아 손톱을 깎는데 따끔했다. 언제 가시가 들어와 있었을까? 까슬이 인 손가락에 바늘을 대고 굳은 살갗을 살살 헤집으며 생각했다. 눈보라 치고 바람 불어 추워도 위판과 옆판이 만나는 지점을 확인하려면 장갑을 빼고 엄지와 검지로 더듬어야 했다. 눈보다 더 민감한 촉수로 밀고 당겨 딱맞추고 구멍을 뚫어 나사를 박았다. 합판 가시가 검지 손톱 옆에 들어와 앉은 건 그때쯤이었을 것이다. 거칠어진 내 손을 햇빛에 가만히 비춰봤다. 춥고 힘들고 거칠어지면 무뎌지는 법이었다. 우리가 사는 세상도 크게 다르지 않을 것이다.

화장실을 시공할 줄 알면 집을 지을 수 있다

자고 일어나면 무조건 마당으로 나가 풀꽃 앞에 쭈그려 앉았다. 풀을 뽑기도 하고 뭐든 뜯어 맛을 보고 물을 줬다. 그러면 정신이 좀 들었다. 때론 그렇게 아무거나 입에 넣다가 죽는 수가 있다는 소리를 듣기도 했다. 루꼴라만 며칠 먹었더니 입안이 씁쓰레했다. 마당에서 풀을 뽑다가 싱아를 캤다. 싱아 샐러드를 해보려고 뜯는데 벌써 꽃이 생겨 줄기는 질기고 새콤함은 짙어졌다.

별의별 것을 다 해보면서 2021년이 가고 있었다. 가장 큰 별 것은 화장실이었다. 우리 손으로 이 작은 화장실을 철거에서부터 조적, 창문, 환풍기, 출입문, 시멘트 몰탈, 도막방수, 타일시공, 변기 설치, 세면대 설치, 거울 설치, 루버 치기 등을 거쳐왔다. 화장실을 스스로 만드는 것이 내게 '미친 짓' 같은 것이었다면 일의 맥락을 잡고 주도적으로 진행한 여름나무에겐 '신기하고 재미난 놀이'였다.

목수인 먹쇠 님은 화장실에는 건축의 거의 모든 요소가 들어있기 때문에 '화장실을 설계하고 시공할 줄 알면 집을 지을 수 있다'고 했다. 화장실은 작지만 집을 지을 때 필수적인 기술들이 집약적으로 들어가서 그만큼 어렵다는 말이었다.

다락방 아래가 화장실과 부엌이다. 여기 디자인을 바꾸고 싶어서 바닥에 초크로 그림을 그리면서 몇 차례 시뮬레이션을 해보았으나 쉽지 않았다. 최순우 옛집 학예사인 하늘피리 님의 조언으로 전시 가벽을 칠 때처럼 천장에서 천을 내려뜨려 공간을 구분해봤지만 여전히 기존의 디자인을 바꾸기는 힘들다는 결론에 이르렀다. 공사는 화장실을 철거하면서 시작되었다. 밤에는 조적, 미장, 페인트, 변기 설치, 방수 등에 대해서 공부하고 낮에는 실행했다.

해체를 위한 공구들

먼저 페인트가 벗겨진 벽에 소독을 하고 먼지도 줄이려고 희석한 락스물을 살짝 뿌린 후, 그라인더에 연마석을 끼워 갈아내고 사포로 문질렀다. 그라인더를 멈췄는데도 손이 덜덜 떨렸다. 너무 추울 때 몸이 떨리듯이 제어할 수 없는 떨림이 한동안 이어졌다. 에어콤프레서로 먼지를 털어내고 집진기로 빨아들이고 더러운 타일을 닦았다. 방진복, KF94 마스크, 보안경까지 썼지만 엄청난 먼지를 이기지는 못했다. 이어서 천장에 플라스틱 루버를 떼어낸 자리에 남아있던 ㄷ자 타카 심들을 목이 아프고 팔이 아프도록 뽑았다. 너무 많은 못과 타카 심들을 뽑다 보니 요령이 생겨서 비교적 잘 뽑았지만 여전히 고개를 젖히고 위를 보면서 하는 작업이라 힘이 들었다. 조카가 인사하는 법을 배울 때 '안녕하세요오~' 하고 공손하게 고개를 숙인 후 씨익~ 웃는데, 우리도 반복해서 그 흉내를 내며 쉬어갔다. 새로 무엇인가를 만드는 것보다 있던 것을 해체하는 게 더 힘들었다. 철거는 때려부수면 되지만 이미 '자기완결성'을 가지고 있는 구조물에서 다시 쓰기 위해 일부를 떼어내는 일은 수술과 같은 일이라 조심스럽게 진행해야 했다.

설비 사장님이 화장실과 부엌에 하수관과 수도관을 뽑아주고 시멘트 몰탈까지 한 상태에서 물러났다. 우리는 조적과 미장을 한 후, 환풍기를 달고 창문을 끼웠다. 그리고 바닥에 시멘트 몰탈을 한 번 더 치고 도막방수를 했다.

바람이 많이 불었다. 봉황산 산자락에서 극성스럽게 냄새를 뿜어대던 밤꽃도 몇 차례 비가 와서 그런지 잠잠해졌다. 마당 한구석, 어디서 왔는지 모를 금계국과 작년에 심은 개양귀비 꽃이 나비처럼 나는 것 같았다. 며칠 전에는 흰나비가 있기에 반갑다 했는데 루꼴라가 다 뜯긴 것을 보니 배추흰나비애벌레가 변태를 했나 싶었다.

배관공사와 타인의 시선

　화장실 배관공사를 의뢰하려고 소개받은 설비업체에 전화를 해도 찬송가만 나오고 연결이 되지 않았다. 기다리다가 직접 해볼까? 눈이 마주친 우리는 수도계량기를 잠그고 변기 물통에 있는 물을 뺀 후, 물이 들어가는 관을 분리했다. 이어서 물통과 변기를 연결시킨 나사 2개를 풀어서 물통을 들어냈다. 변기를 발로 탁탁 밀듯이 차니까 고정시켰던 백시멘트가 깨지면서 변기가 떨어졌다. 변기를 들어내니 지름 20cm 정도 되는 오수관이 보였다. 못 쓰는 천을 채운 비닐봉지로 막아두었다. 수돗물 인입관은 엑셀 캡을 씌워뒀다. 나중에 다시 변기를 설치할 때 엑셀 캡을 벗기고 새 변기와 연결하면 된다. 화장실 세면대 주름관과 하수도 배관을 연결하기 위해 60cm 정도 바닥을 깨기 시작했다.

　어떤 분이 하수관을 깨고 있는 우리를 보고 서울에서 이사온 것 같지 않다고 했다. 도시 사람들은 이런 일 못 한다고 덧붙였다. 말은 도시 사람이라고 했지만 우리가 여자라고 하는 말 같이 들렸다. 여자들은 힘이 약할 뿐이지 못할 것은 없다. 뭔가 달라지고 조금이라도 나아지는 걸 보는 재미, 멈췄던 게 돌아가고, 미웠던 게 예뻐지고, 고장 난 게 사용 가능해지고, 없었던 게 생기는 경험을 왜 남성 또는 시골 사람이나 하는 일로 여기게 되었을까! 몸으로 하는 일을 하찮게 여기는 편견을 드러내는 말로, '텃밭을 디자인하되 직접 손에 흙을 묻혀 농사는 짓지 말라'던 조선시대 어느 양반의 말이 떠오르기도 했다. 우리는 우리의 방식으로 사는 것뿐이고 남들과 약간 다른 것뿐이었다. 그런데 지저분한 일을 하면 할수록 들려오는 말이 많아졌다. 대부분은 걱정이나 염려였지만 호기심 내지는 무시가 담겨있기도 했다.

배관은 우리 몸으로 치면 대장쯤에 해당하는 것 같았다. 아버지가 배관공이었던 어떤 작가는 튼튼한 배관은 형식이 잘 짜인 문장들이 만들어낸 한 편의 글과 같다고 했다. 폐수가 시원하고 깔끔하게 나가야 집 안에 나쁜 냄새가 없고 벌레가 끼지 않을 것이다. 하지만 여기 화장실 배관은 입구에서 하수의 일부가 새서 엉망이고 진창인 상태였다. 우리는 그라인더와 망치와 정으로 바닥 깨기를 시작했다. 만만치 않았다. 힘들어서 30cm 정도 깨고 멈췄다. 문장도 맥락을 이해하면 감동이 따라오고 내 삶과 연결이 가능해지는 것처럼, 집의 구조와 기능, 설비 역시 그 맥락을 이해하고 있으면 문제가 발생했을 때 스스로 해결할 수 있는 힘이 생긴다. 그래서 스스로 수리를 해보겠다고 덤볐지만 장비도 없는 우리가 할 수 있는 일은 한계가 있었다. 다시 동네 설비 사장님께 전화를 드렸다. 연세가 좀 드신 유쾌한 사장님이 오셨는데 화장실 수리에는 관심이 없고 눈이 동그래져 집 안을 돌아다니며 구경을 하면서 '이거 직접 했느냐?'고 이것저것 묻더니 감탄을 했다.

　일할 날짜와 시간을 정하고 공사비를 물었더니 중얼대면서 기술자 두 품(두 사람 인건비) 60만 원, 잡부 10만 원, 재료비 15만 원 해서 85만 원을 말씀하셨다. 잡부는 우리가 하고 75만 원에 하기로 했다. 며칠 지나 공사하러 오셨는데 기술자는 사장님이었고 다른 한 분은 기술자가 아니라 어디를 브레이커로 깨야 하는지도 모르는 나이 지긋한 잡부였다. 쉬는 시간에 잠깐 이야

브레이커로 바닥을 깨고 배관을 심고 있다.

기를 나눴는데 유구에서 농사를 짓는다고 했다. 그러면 사장님 인건비가 하루 종일 일하고 50만 원이라는 얘기였다. 우리가 외부강의를 2시간 정도 하고 보통 30만 원 정도를 받으니 헐한 편이기는 했지만, 한국사회의 보편적인 기술노동자 임금에 비해 많다는 생각이 들었다. 게다가 재료비를 따로 받았으면서도 미장할 때 우리 시멘트를 5포대나 썼다. 그러면 사장님은 왜 잡부를 데리고 와서 기술자라 하고 재료비를 받았으면서도 우리 시멘트까지 사용하는 편법을 쓰는 걸까? 노동력에 비해 임금이 턱없이 부족하다고 느껴서일까? 우리가 뭘 모르는 여자들이라고 만만하게 생각해서일까? 우리나라에서 기술노동자와 지식노동자의 임금격차가 큰 이유는 무엇일까? 이것도 문인을 높이 여기던 유교적인 가치관에 뿌리를 두고 있는 것일까? 유럽 사회에서는 기술노동자의 인건비가 지식노동자의 인건비와 크게 차이가 나지 않는다고 들었다. 그들이 특별해서라기보다는 법이 그렇게 규정하고 어기면 처벌을 받기 때문이다. 우리나라도 기술전문교육을 체계적으로 받을 수 있는 시스템을 만들어 정당하게 노임을 받을 수 있는 제도가 필요하다는 생각이 들었다.

마르크스가 『자본』에서 나중에 기술하겠다고 넘어가고 다시 언급을 못한 부분을 공부하면서 강신준 선생님이 독일의 사례를 들어 설명해준 적이 있다. 마르크스는 자본가가 노동을 시킨 후, 노동력의 전체가 아니라 일부의 임금만 지급함으로서 생기는 잉여로 부를 축적함을 발견했다. 그리고 다른 모든 상품은 생산자가 가격을 정하는데, 노동자의 임금은 자본가가 정한다. 이 불합리를 극복하기 위해서 독일은 노동조합에서 '25호봉 임금표'를 만들었다. 일반적인 규정인 대학졸업, 직업훈련소졸업(대학졸업과 동등한 자격), 자격증 등만 갖추면 대기업에 다니든 하청업체인 중소기업에 취업하든 그에 따른 협약임금을 받는다. 심지어 노동하면서 발생하는 미세먼지, 소음, 의자의 높낮이는 물론 등을 기댈 수 있는지 없는지 여부까지 작업장의 환경이 직무분석표에 명시되어있고 그에 따라 임금이 책정된다. 이렇게 안정된 제도가 있다면 육체노동과 기술노동은 시골 사람이나 못 배워서 다른 할 일이 없는 사람이 어쩔 수 없이 하는 노동이 아니라 자기가치를 구현하기 위한 필요노동이 될 것이다.

배관공사는 아침 8시부터 시작해서 오후 4시쯤 끝났는데 너무 덥고 기운 빠지는 날이었다. 사장님은 우선, 수도계량기로부터 보일러, 화장실, 부엌, 거실로 들어와 있는 수도관을 찾고 이음관이 어디에 묻혔는지 탐색했다. 그 후 6군데를 깨는 과정은 브레이커의 진동을 온몸으로 받아내면서 시작되었다. 땅속에 많은 관이 묻혀있었는데 그중에 본채로 들어가는 관은 살려두고 보일러 수도를 죽이는 과정이 이어졌다. 40년 넘은 전문가의 기술과 직감으로 일이 진행되었는데 이렇게 바로 배관의 위치를 찾는 경우는 50%의 확률이라고 했다. 한번은 종일 팠는데도 못 찾아서 이틀간 고생을 한 적도 있다는 것이다. 바닥을 깨서 없앨 배관은 없애고 화장실과 부엌에서 하나의 온수기로 더운물을 같이 쓸 수 있도록 배관을 연결한 후, 시멘트 몰탈로 마감했다. 이제 조적의 시간이 다가왔다. 우리는 고장이 났을 때를 대비하여 배관이 인입된 곳과 갈라져 들어간 위치를 간단한 도면으로 만들어두기로 했는데 그럴 필요가 없다고 했다. 요즘은 기술이 발달해서 탐지기를 이용하면 바로 찾을 수 있단다.

무더위에 땅바닥을 기듯이 일하면서 하루를 꼬박 보낸 배관 기술자가 대단해 보였다. 여름나무가 이런 거 해결하시는 분들 멋있다고, 배우고 싶다고 하자 사장님이 그러냐고, 나도 이 일이 재밌는데 사람들은 흙 묻히고 땅 파고 기어다니면서 일한다고 무시한다고 했다. 배울 거면 일당이 제일 센 타일시공을 배우라고 했다. 그 얘기는 송주홍이 쓴 『노가다 칸타빌레』를 읽어서 알고 있었다. 우리는 배관시공이 타일시공보다 더 힘든 일이지만 더 근원적인 일이라고 생각해서 배우고 싶다는 말이었는데, 사장님은 좀 더 깨끗하게 일하면서 수입이 더 많고 대우받는 일을 선택하라고 조언했다.

퇴근길, 공주포정사문루 하늘에 뜬 노란 환타 빛 눈썹달이 예뻤다. 집에 와보니 봉황산 윗자락 하늘에 그 달이 쫓아와있었고 마당엔 주홍빛 원추리꽃이 피어 있었다. 달은 하루에 한 번씩 하늘길을 지나가며 자기 일을 하고 원추리는 지상에서 꽃을 피우며 한 시절을 자기답게 살고 있었다.

'그럼 그렇지! 한 번에 되면 이상하지!'

    10월의 마지막 날 며칠간 쉬지 않고 비가 이어지더니 추워졌다. 우린 조금 일찍 출근했다. 오소리 굴같이 작은 화장실에 배수구 덮개를 설치하려고 보니 바닥을 깎아줘야 구배가 맞을 것 같았다. 배수구 덮개는 바닥 몰탈할 때 미리 해야 한다는 걸 뒤늦게 알았다. 해서 시멘트 몰탈과 방수처리까지 마무리한 바닥을 깎아낸 후, 배수구 덮개를 대고 시멘트 몰탈을 쳐서 고정했다. 이어 다시 방수처리를 하고 굳기를 기다렸다. 매번 느끼는 것이지만 전 단계가 잘 되어있어야 다음 단계가 수월하다.

    화장실 바닥에 타일을 붙이고 줄눈을 넣고 이틀이 지났다. 변기를 설치하려고 삐죽 솟아있던 배관을 2mm 정도 남기고 멀티 톱으로 잘라낸 후 변기를 얹었는데 들어가지 않았다. '그럼 그렇지!' 내가 말하자 '한 번에 되면 이상하지!' 여름나무가 받았다. 살펴보니 배관과 변기를 연결하는 정심 높이가 5cm이고 지름이 20cm인데 우리 화장실 바닥이 얇아서 변기의 정심 1cm 정도가 들어가지 못하고 화장실 바닥에서 떠 있었다. 결국은 잘라낸 배관을 다시 꽂고 바닥으로부터 1cm 정도를 높여서 변기를 앉히기로 했다. 좁은 공간에서 무거운 변기를 들었다 났다 반복하다 보니 힘들고 허리도 아팠다. 나도 모르게 자주 한숨을 쉬면서 '아! 죽을 것만 같다!'라고 했다. 그러면 여름나무는 나가서 쉬다 오라고 했다. 자기는 집수리하는 게 재밌는데 내가 자꾸 한숨을 쉬면 불안해서 일이 잘 안 된다고 했다. 일정이 촉박하지 않으면 충분히 즐기면서 할 수 있겠지만 이렇게 쫓기듯이 쉬지도 못하고 일을 하니 몸도 마음도 견디기가 버거웠다.

벽면에는 흰색 무광 모자이크타일을 허리선까지 붙였다. 1장에 48×48mm 크기의 타일이 36개 붙어있었다. 타일을 붙일 때 구석부터 붙여 나왔더니 면적이 딱 맞지 않아서 단정하지 못한 절단면이 보였다. 도배할 때 한 실수를 똑같이 했다. 두고두고 눈에 거슬릴 것 같았다. 게다가 우리가 직접 조적을 하고 미장까지 한 벽면이 울퉁불퉁해서 타일도 춤을 췄다. 타일을 붙인 후, 리듬감이 있어서 좋다고 눙쳐버렸지만 어차피 이럴 거면 가우디의 구엘 공원처럼 더 의도적으로 울퉁불퉁하게 벽면을 디자인할걸 하는 후회도 들었다. 우리가 작은 모자이크타일을 선택할 수밖에 없었던 이유도 벽면이 고르지 못하기 때문이었는데 아쉬웠다.

벽타일을 붙인 후 바닥타일은 있던 타일들을 이용해서 이어

붙였다. 힘들게 공사를 했는데 예쁘지 않았다. 재활용은 그 자체로 의미를 갖기보다는 일반적인 재료를 넘어서는 아름다움을 찾아냈거나 이질적인 재료를 새롭게 해석하여 상상 밖의 조합을 이루어냈을 때 진정한 의미가 있다. 그러한 점에서 우리 집 화장실은 재활용 타일로 만든 그저 그런 기능만 하는 화장실이 되어버렸다. 실패는 제대로 배우는 기회이기도 하고 다른 가능

세면대를 설치했으나 더운물이 나오지 않았다.

변기를 앉히기 위해 바닥에 타일을 1cm 높였다.

차양을 해체하면서 나온 목재로 세면대 프레임을 짰다.

성이 열리는 시점이기도 한데 이렇게 뜻대로 되지 않으면 오래된 집을 탓하고 재료를 탓하게 된다.

벽타일까지 굳어서 배관 입구에 변기를 올려놓고 고압호스를 수도에 연결하려고 보니 길이가 2cm 정도 짧았다. 하던 일을 멈추고 긴 고압호스를 구입하러 명도철물로 갔다. 작은 사무공간에서 늦은 식사를 하던 아들이 우리를 보고 인사를 건넸다. 명도철물은 산성시장 건너편 모퉁이에 있는데 가족이 운영한다. 부모님과 아들 부부가 같이 일하는 것 같은데, 젊은 친구들이 표정도 밝고 도구의 용도에 대해서도 잘 아는 편이고 지나치게 친절하지도 데면데면하지도 않아서 편했다. 우리가 묻는 것에 대해 설명해주면서 필요할 것 같은 정보를 주고 그에 적절한 물건을 추천해줬다. 손님과 적당한 거리를 유지하면서도 손님의 필요를 예상해 조언해주는 곳이다. 고압호스와 ㄱ자 철물, 잠금장치, 오공목공본드, 도배용 풀 등등을 샀다. 다시 변기 물통에 고압호스를 연결하고 물을 내리니 쑤욱 내려갔다. 오래 끌었던 일이 큰 고비를 넘어 마무리되는 순간이었다. 변기 주변에 백시멘트를 붙이고 이어 화장실 문을 설치하려고 했으나 매뉴얼도 없고 공부한 것도 없어 달지 못했다. 다음으로 미루고 퇴근했다.

세면대와 온수기 설치하는 영상을 보다가 내가 요즘은 집 고치는 것 보느라고 영화도 한 편 못 본다고 했더니 여름나무가 말했다. 왜, 이게 영화보다 더 재미있잖아! 우리가 집을 수리할 수 있는 힘은 여기에서 나온다. 재미있잖아! 이 한마디면 못 할 것이 없었다.

세면대를 설치하기 위해 차양을 뜯을 때 나온 각재를 잘라 샌딩하고 아마씨 오일을 발라서 직사각형 상판 지지대를 만들고 콘크리트 타카로 고정했다. 못 자국도 많고 햇볕에 노출되어 꺼칠했던 각재를 잘라 120방 사포로 샌딩했다. 60방이나 100방 정도 되는 사포가 없었다. 힘들여 갈아낼수록 소나무의 결이 드러나기 시작했다. 자를 때는 소나무 향이 나더니 오일을 바를 때는 고등어 굽는 냄새가 났다. 추워서 뭉쳐진 오일을 녹이려고 난로 곁에서 작업을 했는데 그게 원인인지는 모르겠다. 새 나무에 없는 냄새가 났고 깊은 색감이 우러났다. 오일을 먹여서 설치하고 보니 예쁘고 튼튼했다. 세면대 프레임을 짜서 나왕을 상판으로 올려놓으니 각재가 보이지 않았다. 남에게 자랑할 수는 없지만 예쁜 속옷을 입었을 때처럼 든든해진 느낌이 들었다. 세면대를 올려놓고 하수관을 설치했다. 물이 나온다. 이제 밖으로 나가지 않아도 손을 닦을 수 있다. 그런데 온수기가 올 때까지 좀 더 기다려야 했다. 설치하고 더운물을 쓸 수 있을 때까지는 긴 우여곡절의 시간을 보낼 수밖에!

갑작스런 추위에 노출되어 그런지 코맹맹이 소리가 나면서 목이 칼칼해졌다. 감기 걸리면 안 될 것 같아서 난로를 하나 사기로 했다.

미심쩍었으나 그냥 넘긴 곳에서 문제가 발생한다

나흘째인 것 같다. 싱크대를 짜고 개수대를 넣고 수전을 설치하고 앵글밸브를 온수기에 연결했다. 그런데 수도와 온수기를 연결한 관에서 물이 샜다. 싱크대 아래서 2~3시간 동안 테프론 테이프를 감고 몽키스패너로 조이고 주름관 소켓과 밸브, 단니플을 끼웠다 풀었다 반복했다. 정말이지 눈 뜨고 못 볼 꼴이었다. 더군다나 여름나무 생일이라서 얼른 설치하고 맛있는 것 먹고 산책하자고 했다. 생일에 설치비 17만 원을 아끼자고 이러고 있으니 좀 미안하기도 하고 웃음도 나왔다. 갑갑하고 성질나면 그냥 막 웃음이 났다. 힘든 일 하시는 분들이 거친 욕을 할 때 교양없이 왜 저러나 싶었는데 이해가 되기도 했다. 육체적으로 고단한데 하는 일까지 뜻대로 풀리지 않는 데서 오는 스트레스를 본능적으로 풀어내는 방식일 것이다. 그렇지만 여름나무는 신기하게도 동요가 없었다. 늘 감정이 오르락내리락 널을 뛰

154

는 나만 성질을 내다가도 웃었다.

헤맨 이야기를 페북에 올렸더니 흙집 학교 교장 선생님과 먹쇠 님이 원인이 될 만한 지점을 짚어주셨다. 우리 마음에 걸렸던 지점들이었다. 문제는 늘 미심쩍으면서도 괜찮겠지 하며 넘어갔던 곳에서 발생한다. 다른 사람은 몰라도 시공한 사람은 안다. 테프론 테이프를 15번 이상 감아야 했는데 10번만 감았다면, 몽키스패너로 조이는데 구석진 곳이라 불편하고 힘들어서 1~2바퀴 적게 돌렸다면 거기서 문제가 발생할 확률이 높았다. 집수리를 직접한 지인도 미심쩍었던 곳을 뜯어보면 딱! 그곳에 문제가 있었다고 했다. 이런 문제점은 그 현장에서 집주인이 보고 있어도 모른다. 오직 자기 손으로 일을 한 시공자만이 알 수 있다. 미심쩍었지만 이렇게 해도 되나? 하면서 넘겼던 부분들을 다시 확인해보기로 했다. 싱크대 짜고 온수기 설치하는 것만 5일째가 되었다. 아침에 여름나무가 단호하게 말했다. 이제는 결판을 내야 한다고! 하지만 말처럼 쉽게 되지 않았다.

다음 날 누수 문제는 갤러리 수리치를 고치고 계신 홍 사장님이 오셔서 마무리해주셨다. 우리 집보다 넓은 공간을 1달 안에 수리하겠다고 이른 아침부터 시작해서 야근까지 한다는 걸 알고 있었기에, 출근하면 홍 사장님과 갈 테니 연락하라는 수리치 관장님의 말을 듣지 않았다. 어떻게든 우리 힘으로 해결하고 싶었고 이웃에 민폐를 끼치고 싶지 않았다. 그런데 오후 5시쯤 대표님이 해결했느냐고, 왜 연락이 없냐고 전화가 왔다. 아직 누수를 잡지 못했다고 했더니 두 분이 붕어빵까지 챙겨서 오셨다.

시어골에 사시는 홍 사장님이 바닥에 주저앉아서 작업하시는 걸 보조를 하면서 지켜봤다. 질긴 테프론 테이프로 당기듯이, 나사가 잠기는 방향으로 챙챙챙 20번 가까이 감고 엄청난 힘으로 밸브를 조이는 것이었다. 영상이나 전문가의 설명만으로는 알 수 없는 강한 정도를 읽어낼 수 있었다. 한마디로 어떻게 하면 되는지 감은 잡았지만 실제로 문제가 생겼을 때 고칠 수 있는지는 또 다른 문제일 것이다.

누수의 원인이 밸브 자체에서도 생기기 때문에 혹시 나사산이 짧은 앵글밸브가 문제인가 싶어서 나사산이 긴 앵글밸브로 교체해 보기로 했다. 그때 건재상에 간 여름나무가 2구짜리 앵글밸브를 발견하고 구매해왔다. 2구짜리 앵글밸브를 사다가 설

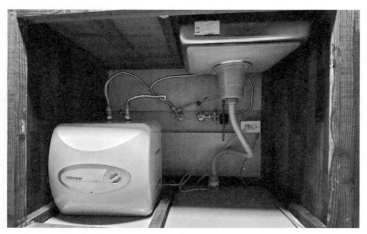

싱크대 아래에 부엌과 화장실에서 함께 사용할 온수기를 설치했다.

치하니 ㄱ자 밸브 하나를 줄일 수 있었다. 부속이 줄면 그만큼 하자 발생률이 줄어든다. 이제 보온재 사다가 스테인리스관을 싸매주면 된다. 그런데 한 고비를 넘으니 다른 고비가 왔다. 분명히 배관공사를 할 때 부엌의 온수와 화장실의 온수를 같이 쓸 수 있도록 했는데 부엌 싱크대에서만 더운물이 나오고 화장실 세면대에서는 더운물이 나오지 않았다. 홍 사장님은 해결할 수 없는 것이었다.

설비 사장님께 전화를 드리자 1시간 정도 후에 오셔서는 바로 해결해주셨다. 순간온수기의 더운물 쪽 연결을 제대로 하지 못했기 때문이었다. 사장님 말씀이 앵글밸브에는 잠그거나 열 때 자동으로 움직이는 고무로 된 막이 있는데 수돗물을 틀어놓으면 물이 순방향으로 흘러나온다. 하지만 물이 역방향으로 들어오면 수압 때문에 고무로 된 막이 수도관을 막아서 밸브를 열어도 소용이 없다는 것이다. 따라서 앵글밸브를 더운물 인입관에 바로 연결하면 안 되고 T자 신주를 먼저 연결한 다음에 앵글밸브와 순간온수기 더운물 주름관, 싱크대 수전을 연결해야 한단다. 그러니까 T자 신주와 앵글밸브의 위치를 바꿔주면 간단히 해결될 문제였다. 우리가 이해를 할 수 있도록 몇 차례 설명해주셨다. 그리고는 예전처럼 구석구석 둘러보고 다락방이 예쁘다 하고 가셨다. 우리는 큰 시름 하나를 내려놓고 개운해졌다. 낯선 곳이지만 문제가 발생했을 때 의논하고 같이 풀어갈 이웃이 있어서 다행이었다.

이런 경험들이 우리 몸에 들어와서 뭐가 되어 나올지 궁금하고, 왜 이 짓을 반복하고 있는지 자꾸 질문이 생겼다. 정말 몸으로 살아보고 싶어서라면 꼭 이렇게 힘든 일이 아니라 농사를 짓는다든지 가드닝 같은 게 더 좋지 않겠느냐고 스스로에게 물어보기도 했다. 그런데 이렇게 문제를 해결하는 것을 보면 기술이란 정말 멋있는 일이라는 생각이 들었다. 찬물만 나오던 배관에서 더운물이 나오게 하는 게 기술이다. 기술은 우리 삶의 질을 좋아지게 한다.

콘센트타이머

　화장실에 보일러가 없기 때문에 한파를 대비해서 자동으로 온도가 조절되는 난로 하나를 두고 싶었다. 하지만 난로값이 비싸서 머뭇거리고 있는데 콘센트타이머라는 것을 알게 되었다.

　밤낮으로 12시간씩 구분되어 24시간으로 구성된 타이머인데, 돌아가는 시간과 멈춰있는 시간을 세팅해서 콘센트타이머에 코드를 꽂으면 설정한 대로 전열 기구가 진행과 멈춤을 반복하는 시스템이었다. 우리는 타이머를 60분을 기준으로 15분 쉬고 45분은 돌아가도록 세팅을 하고 2박 3일간 서울나들이를 다녀왔다. 전열기구는 이러한 루틴을 반복했을 것이다. 와서 보니 화장실과 부엌에서 찬 기운이 느껴지지 않았다. 만약에 계속 전열기구를 켜놨다면 과열되어 난로가 망가지거나 사고가 났을지도 모를 일이다. 작은 도구를 하나 쓸 줄 알게 되면서 자동온도조절이 되는 비싼 난로를 사지 않고도 화장실 동파 문제를 해결할 수 있었다.

우리가 사는 방식도 비슷할 것이다. 쉼 없는 노동은 과로를 불러오고 과로는 생명을 단축시킨다. 따라서 우리의 일상도 노동과 휴식이라는 리듬을 타야 한다. 마치 소나타 연주를 리드하는 악보처럼 어느 정도는 세팅이 필요하다. 쉼 없는 연주가 있을 수 없듯이 우리의 일상도 쉼이 필요하다.

독서를 하고 글을 쓰고 운동을 하고 산책을 하며 우리 몸에 맞는 루틴한 리듬을 만들어야 할 것이다. 하지만 루틴한 삶을 살되 호랑가시나무의 가시 같은, 그믐달의 서늘한 기운 같은 그런 감각도 잃지 말아야 한다. 그 틈으로 변화의 바람이 불어오는 까닭이다. 따라서 일주일에 한 번, 적어도 한 달에 한 번은 낯선 사람을 만나고 낯선 장소에 갈 필요가 있다. 거기에서 낯선 나를 발견할 가능성이 열리기 때문이다.

그런데 사무실이 없다

서울에서 가지고 온 책들을 먼저 꽂았다. 어떤 책으로 서가를 채워나갈지 고민하면서 도매상에 주문도 했다. 안방에는 자서전적인 책만을 위한 책꽂이 하나를 만들었다. 이어서 식물과 곤충에 관련된 책, 문학 분야 책을 배치하고 건넌방에는 철학, 역사, 예술, 교육, 정치 분야의 책들을 꽂았다. 그리고 우리가 공부모임을 할 버트런드 러셀, 라이너 마리아 릴케, 버지니아 울프, 발터 벤야민, 동학 관련 도서, 길담서원이 기획하거나 우리가 쓴 책 등은 한군데 모아놓기로 했다. 그중에서 몇 권의 책을 앞에 진열하기 위해 골라내면서 생각이 많아졌다. 공주시 원도심은 주로 나이 드신 분들이 살고 관광객이 방문한다는데 어떤 책을 내놓으면 좋을까 고민했다.

러셀은 『게으름에 대한 찬양』에서 미국의 획일화에 대한 문제점을 지적하면서 미국 전역의 서점을 방문했는데 어디서나

안방에는 강석문 작가의 매화서당, 왼쪽에는 김혜식 작가의 길담서원과 뽀스띠노 사진을 걸어두고 오른쪽에는 진초록 와인병에 마당에서 꺾은 참나리를 꽂아 두었다.

똑같은 베스트셀러들이 눈에 잘 띄게 전시되어있었다고 했다. 미국의 교양 있는 여성들이 1년에 12권 정도의 책을 사는데 아마도 비슷한 책을 읽을 것이라고, '많이 팔리는 소수의 책보다 적게 팔리는 다수의 책'이 많은 유럽과는 매우 다른 현상이라고, 획일화의 장점은 평화적으로 협력하게 만들지만 단점은 소수를 박해해서 사라지게까지 한다고, 미국과 같은 신생국은 학교, 교회, 언론, 영화, 라디오 등을 통해 만들어진 여론의 영향을 많이 받아서 교육과 설교까지 유행을 따른다고 했다. 반면 유럽과 같은 오래된 국가들은 자기 나름의 생각과 삶의 양식을 구현하는 방식이 다층적이라 누군가의 말에 쉽게 흔들리지 않는다는 얘기였다. 100년 전 얘기라 아직도 그러한지는 모르겠으나 '많이 팔리는 소수의 책보다 적게 팔리는 다수의 책'이 있는 사회가 좀 더 건강한 사회라고 생각했다. 우리 책방의 지향점과 잘 맞는 책들을 고르며 고민을 거듭했다.

한뼘미술관에는 '생명'이라는 주제로 전시 작품을 걸었다. 소년 님께서 붓글씨로 쓰신 '똥이야말로 꽃들이 만발한 꽃밭이고 녹색의 풀밭이며 박하와 백리향이고 식탁의 빵이며 우리의 몸속에 돌고 있는 따뜻한 피이다. 똥으로 퇴비를 만드는 사람은 밤하늘의 별을 우러러 부끄럼이 없다'는 빅토르 위고의 글을 시작으로 민중화가 최민화의 「어머니」, 수선화의 대가 송영방의 「괴석과 수선화」, 내가 가장 좋아하는 판화가 이윤엽의 「파」, 우리 집 안방에 늘 걸려있던 윤후명 소설가의 「엉겅퀴」, 생명의 기원이라고 읽히는 정정엽 작가의 「팥」, 잡지나 신문 기사의 부분을 취해서 화폭에 담은 홍순명 작가의 「Side Scape」, 백두산 천지나 한라산 백록담을 닮은 허윤희 작가의 「배추」, 캡틴후 님이 소장자인 구본주 조각가의 「부부」, 공주와의 인연, 윤희수 작가의 「나무의자 다시 나다」, 이철수 판화가의 「산책」, 류준화 작가의 「초록머리」, 마지막으로 한뼘미술관 위쪽 한구석에 붙인 김봉준 작가의 「도깨비」 부조도 있다. 마치 CCTV같이 깨진 사

아주 작은 공간이지만 책을 좋아하는 분들이 자연스럽게 그림과 만나길 바라며 한뼘미술관을
마련하고 소장품을 전시했다.

이다병을 눈 삼아 한뼘미술관을 내려다보게 설치했다. 밖에는
윤석남, 이종국, 이진경, 강석문, 손한샘, 하인선, 박희진, 신동
여, East Side Gallery International 대표이며 이란 출신 독일
화가인 카니 알라비Kani Alavi의 풍경화까지 25점을 걸었다.
최민화 작가와 카니 알라비만 빼고 모두 길담서원 한뼘미술관
전시 작가들이다. 작품을 설치하니 명상 공간같이 고요하던 한
뼘미술관이 환해졌다.

작품들 사이에 옛날 디자인으로 된 작은 거울을 걸었다. 산
책하다가 옛 공주읍사무소 앞에서 주워온 것이다. 방문객이 둘
러보다가 이게 뭐지? 의도가 뭔지, 알쏭달쏭하게 여기면서 거
울에 자기 얼굴을 비춰보면 재밌을 것 같았다. 그림 속에 살짝

끼워놓은 걸 보고 여름나무도 재밌네! 했다. 그렇게 튀지 않고 봐줄 만했다. 잠깐 내 얼굴을 비춰보는데 생각나는 시가 있었다. 구상 시인이 쓴 「가장 사나운 짐승」이다. 방문객을 '가장 사나운 짐승'으로 설정한 것이 아니라 외부로만 향했던 우리의 시선을 거두어 내면을 살펴보려는 자서전적인 책방 콘셉트와 그런대로 맞을 것이라고 생각했다. 나는 전시든 글이든 예술작품이든, 그것이 무엇이든 소소한 유머 코드가 있는 게 좋다. 그게 바로 여유고 다른 사람이 개입할 수 있는 틈이다. 피식 웃을 수 있고 한 템포 쉬어갈 수 있고 공기의 흐름이 바뀔 수 있다. 작가와 독자가 평행으로 걷다가 그 틈에서 소통할 수 있는 바람이 인다.

가장 사나운 짐승

구상

내가 다섯 해나 살다가 온
하와이 호놀룰루시의 동물원,
철책과 철망 속에는

여러가지 종류의 짐승과 새들이
길러지고 있었는데

지금도 잊혀지지 않은 것은
그 구경거리의 마지막 코스
"가장 사나운 짐승"이라는
팻말이 붙은 한 우리 속에는
대문짝만한 큰 거울이 놓여 있어
들여다보는 사람들로 하여금
찔끔 놀라게 하는데

오늘날 우리도 때마다
거울에다 얼굴도 마음도 비춰 보면서
스스로가 사납고도 고약한 짐승이
되지나 않았는지 살펴볼 일이다.

-『인류의 盲點에서』(문학사상사, 1998)

아, 그런데 책꽂이를 배치하고 테이블과 의자를 놓고 작품을 걸고 보니 사무실이 없다. 여름나무가 갑자기 멈춰서서 묻는다. 사람들이 와서 책을 볼 때 우린 어디에 있어? 빙빙 돌아다녀? 사무실이 없다는 사실을 뒤늦게 깨달았다. 우리는 테이블에 앉아서 공부할 생각만 했지 책을 보러 오는 방문객을 생각하지 못한 것이다. 공간이 좁은데 우리가 테이블에 앉아있으면 방문객들이 불편하다. 친구들이야 마주 앉아 이야기하니까 상관없지만 모르는 사람은 편하게 머물면서 책을 보고 싶을 것이다. 할 수 없이 그림을 걸어놓은 상태에서 한뼘미술관을 사무실로 쓰기로 했다. 작품을 전시하는 것도 좋지만 우리가 긴 시간 머물 공간을 마련하는 게 더 시급한 문제였다.

오픈일은 코앞으로 다가왔는데 계속해서 이렇게 삐걱거렸다. 그래도 할 일은 해야 했다. 그것도 아주 즐겁게!

4장

집수리 몸수리

우리는 모를 때 더 많이 아프고 더 많이 무섭고 더 많이 두렵다. 하지만 어떻게 멍이 내 몸에 들어왔고 상처가 났는지를 알면 아픔이 덜했다. 다음에 조심하게 되고 아픈 몸에게 휴식을 주게 되었다. 이러한 멍과 상처들이 우리의 몸에 들어왔다 나갔다 하면서 흔적을 남기고 집은 수리되어가고 있었다.

두 번째 봄

　아직 상강이 되려면 좀 남았는데 벌써 단풍이 들고 있었다. 우리 집 감나무도, 무화과나무도, 길가의 이팝나무도 가을꽃을 피우고 있었다. 알베르 카뮈는 가을은 낙엽이 꽃이 되는 두 번째 봄이라고 했고 칼 구스타프 융은 49세 이후는 진짜 나를 발견하는 때라고 했단다.

　한 사람이 태어나면 유년기, 소녀소년기, 청년기, 장년기를 지나 갱년기, 노년기로 이어진다. 그중에 갱년기는 우리 몸이 성숙기에서 노년기로 접어드는, 신체 기능이 저하되는 시기이다. 여성은 월경이 정지되어 생식 기능이 없어지고 남성은 성기능이 감퇴하는 현상으로 갱년기 우울증이 올 수 있다고 했다. 평소 5~6일이면 끝나던 월경이 멎는 듯하더니 열흘이 넘게 계속되었다. 추석 연휴라 보름이 지나서야 병원에 갔는데 의사가 말하길, 아침에 나와 똑같은 나이의 여성이 똑같은 증상으로 다녀갔다면서 갱년기 증상이라고 했다. 21일간의 피임약을 처방받아서 집으로 오는데 뭔가 마음이 축축해졌다. 햇볕은 따뜻하고 땀도 나는데 서늘한 기운이 돌았다.

이젠 더 이상 젊지 않구나! 뭔가 위로가 필요했을까? 금강을 따라 달리는 버스 안에서 이런 저런 생각에 잠겼다. 갱년기更年期의 更은 '다시 갱'으로도 읽고 '고칠 경'으로도 읽는다. 그럼, 갱년기는 다시 새로운 나날을 사는 시기라는 말인가? 경년기, 몸을 고쳐가면서 사는 시기라고도 읽어봤다. 예전에 완경을 한 선배가 이런 얘기를 했다. 완경을 하고 나니 상실감도 있지만 개운함이 있다고, 생리를 안 하니까 정말 편하고 성적으로도 자유로워지고 40년 가까이 매달 보던 피를 안 보게 된다는 것 자체가 기쁘다고 했다. 그러면서 완경은 자유라고, 그러니 완경 후에 지켜야 할 건강만 잘 챙기면 된다고 했다.

집에 와서 마당을 정리하면서 당근 잎을 뜯어 쫑쫑 썰어 계란찜에 넣고 망초는 살짝 데쳐 물에 담가뒀다. 낙엽뿐만이 아니라 봄에 먹던 나물들이 마당에 흩어져 있었다. 가을은 나무에 주렁주렁 열매가 달리고 곡식들이 익어가면서 땅보다는 하늘을 올려다보는 계절이다. 하지만 가만히 앉아서 땅을 들여다보면 새로운 생명들이 숨을 쉬고 있었다. 봄에 일찍 잎을 틔우고 꽃을 피웠다가 씨앗을 떨어뜨린 풀들이 다시 한 번 싹을 돋운 것이다. 가을에 솟은 봄나물이랄까. 냉이를 캐고 망초를 뜯으면서 갱년기가 바로 가을에 솟아난 봄나물 같다는 생각이 들었다. 다시 솟아나서 한 번 더 살게 되는 시간! 하지만 절기상 겨울이 코앞에 있어서 꽃은 다시 피울 수 없는 풀들.

마당의 풀처럼, 나의 몸에도 첫 번째 봄이 지나고 여름을 겪은 두 번째 봄이 온 것이다. 사춘기가 폭풍과 질주로 성장통을 앓는 처음 맞는 봄이라면 사추기는 이미 많은 것을 알아버린 몸으로서 후회와 번민과 우울함과 고독함으로 축축 가라앉고 푹푹 꺼지는 시기인 것 같았다. 그래서 융이 갱년기인 이 시기를 진아眞我를 발견하는 때라고 한 모양이었다. 50년을 살아본 몸으로 앞으로의 삶이 한 번 더 주어졌다는 생각이 들기도 했다. 지금은 그 과도기, 설명할 수 없는 나의 이상 증세도 어느 정도 받아들일 근거가 되었다. 자연의 일부로서 나의 몸을 주시하고 살펴봐야 할 것 같았다.

늦은 점심을 먹고 후추알보다도 작은 피임약을 먹고 현장으로 나섰다. 화장실과 부엌 사이에 조적을 하고 문틀을 세우고 미장을 하면서 생각했다. 헌 집을 해체하고 수리하여 새로운 공간으로 만들 듯이 내 몸도 가다듬으며 앞으로의 삶을 살아야겠다고. 그 삶은 '꿈꾸는 삶'이 아니라 '꿈을 사는 삶'이어야 한다고.

집수리 몸수리

버스에 오르자마자 이적의 「거짓말 거짓말 거짓말」을 1시간 버전으로 틀고 이어폰을 꽂았다. 넋 놓고 창밖으로 눈을 보냈다. 멀리 들판을 달리던 버스는 마천루의 숲, 세종시로 나를 데려왔다. 의사, 간호사, 치위생사 3명이 운영하는 치과인데 내가 첫 환자인 모양이었다. 자주 오는 치과이지만 늘 낯설고 겁이 났다. 임플란트할 이의 본을 뜨는데 지난번에 예고한 대로 내 입술이 막무가내로 늘려져서 눈물이 찔끔거렸고 의사의 깊은 숨이 여러 차례 들고 난 후에야 끝났다. '다음번엔 이번처럼 아프지 않을 거예요. 대신 1시간 정도 걸릴 거예요.'라고 했다.

진료를 받고 나와 버스를 기다렸다. 마취가 풀려서 그런지 입술은 더 아파오고 몸은 덜덜 떨렸다. 헐거워진 틀니처럼 덜덜대는 내 몸을 달달대는 버스에 태우고 귀에 아무것도 꽂지 않은 채 버스에서 타고 내리는 사람들을 구경했다. 70~80세 정도 되

신관공원에서 바라본 공산성. 금강 건너 공북루가 낮게 위치하고 산성길 위에 공산정은 지는 해를 받고 있다.

어 보이는 할머니들은 보퉁이를 먼저 올려놓고 '아이고' 소리와 함께 버스에 오르고, 보따리를 휙 집어던지고 똑같은 소리를 내면서 내렸다. 저상버스는 이런 시골에 먼저 들어와야 할 텐데 왜 젊은이들이 많은 서울부터 도입되었는지 모르겠다.

무말랭이무침을 오도독오도독 씹어먹는 재미에 계속 먹다가 어금니에 금이 갔고 치과 진료로 이어졌다. 다행히 발치는 하지 않고 신경치료를 한 상태에서 씌우는 것으로 마감했다. 그리고 어금니를 임플란트하느라 오랜 시간이 걸렸다. 2개의 이 치료가 끝나자마자 오른쪽 위 어금니에 음식물이 낀다고 말했다. 치경으로 살피더니 왼쪽 이를 치료하느라 오른쪽으로 계속 씹어서 그렇게 느낄지도 모른다며 아직은 괜찮다고 했다. 내일부터 왼쪽으로 씹으면서 살펴보고 그래도 불편하면 오라고, 그

동안 고생했으니 좀 쉬라고 했다. 나는 시작한 김에 전부 치료해서 끝내고 싶다고 했다. 그러자 치과 진료는 끝이 없다고, 한쪽으로 조심해서 먹고 다른 한쪽을 치료하면서 평생 가는 거라했다. '이제 예전처럼 딱딱한 오징어나 젤리 같은 거 드시지 말고 고구마나 계란찜같이 부드러운 것 위주로 드세요. 그러면 30년도 쓸 수 있어요.'라고 하신다. 내가 처음 이 치과에 왔을 때도 이런 말씀을 하셨다. 그때는 피식 웃었는데 지금은 고개를 끄덕이고 앉아있었다. 피식 웃는 나에게 '50년을 쓴 거예요. 어느 물건이든 50년을 쓰면 삭고 닳아요. 살살 달래가면서 치료하고 보완하면서 갈 수밖에 없어요.'라고. 1년 가까이 치과에 드나들면서 이렇게 이를 치료하고 나면 한동안 치과에 안 가도 되겠지 생각했는데 그게 아니었다. 내 몸도 헌 집과 같아서 매일 살피고 매일 손을 봐줘야 더 이상 망가지지 않는다는 얘기였다.

우리는 집수리를 하면서 몸도 수리하고 있었다. 이 집을 고치지 않으면 쓸 수 없듯이 내 몸도 어느 구석이든 고쳐야만 그 기능을 계속할 수 있다는 것을 치과 진료를 받으면서 알았다. 알아야 조심하고 알아야 보수를 하고 그래야 건강한 삶을 살 수 있을 것이다. 해는 넘어갔으나 멀리 공산성이 희미하게 보이는 시간에 집으로 돌아왔다. 이젠 공산성이 보이면 편안해졌다. 여기가 우리 집이구나! 서서히 공주시의 시민으로 자리를 잡아가는 느낌도 들었다. 저 공산성이 우리를 공주로 이끈 요인 중에 하나였다.

가만히 짐작하면 알게 된다

    수사님은 '길담서원 언제 오픈하느냐'고 물어왔고 나는 '아직도 수리 중입니다'라고 보냈다. 그랬더니 걱정과 염려, 마음의 평화와 응원이 담긴 메시지와 함께 「돈데 보이Donde Voy」링크를 보내왔다. '나는 어디로 가야 할까요.' 희망을 찾아 헤매는 미등록 외국인의 불안과 애환이 담긴 이 노래를, 고된 노동을 하고 집으로 돌아오면서 듣는데 마음이 처연해졌다. 멕시코 미등록 외국인들이 처한 현실을 배경으로 한 노래이지만, 전쟁으로 어머니를 잃고 고향을 떠나 낯선 도시에서 살기 위해 애썼던, 그런데 지금은 아파서 대화도 불가능한 아빠의 심정과 크게 다르지 않을 것 같았다.

    계속 노래를 들으면서 씻는데 거울에 비친 내 모습을 보는 게 불편했다. 어느새 울퉁불퉁해진 몸을 슬쩍 피하다가 통증이 느껴지고 쓰라려서 들여다보면 멍 자국이 보이고 긁혀서 피가

맺혀있기도 했다. 일하는 동안에는 다친 줄도 모르고 일을 했다. 내가 좋아하는 바이올리니스트 심혜선은 연주 중에 손에 피가 나서 지판이 피범벅이 되는 일이 있다고 했다. 그래도 모르고 연주를 하고 알고도 연주를 하는데 아픈 손가락을 어떻게 대처하고 치료하는지 알아서 크게 걱정하지 않는다고 했다.

우리도 이젠 이런 상처를 봤을 때 크게 놀라지 않는다. 어떻게 해서 생겼을까? 가만히 짐작해보면 알게 된다. 18T 나왕을 드는데 너무 무거우니까 허벅지로 받치고 들어서 멍이 생겼겠구나! 루버 한 단을 옮길 때 감당하기 버거우니까 어깨에 짊어져서 생겼겠구나! 무릎이 까진 것은 다락방에 페인트를 칠하느라 무릎으로 기어다녀서 그랬겠구나! 어, 그런데 손등이 긁힌 것은? 장미를 정리한다고 전지할 때 가시에 긁힌 모양이었다. 이런 식으로 생각해보면 상처의 원인이 드러났다. 그러면 그다지 아프지 않게 느껴졌다. 우리는 모를 때 더 많이 아프고 더 많이 무섭고 더 많이 두렵다. 하지만 어떻게 멍이 내몸에 들어왔고 상처가 났는지 알면 아픔이 덜했다. 다음에 조심하게 되고 아픈 몸에게 휴식을 주게 되었다. 이러한 멍과 상처들이 우리의 몸에 들어왔다 나갔다 하면서 흔적을 남기고 집은 수리되어가고 있었다.

아빠를 보면서 문득 정신적인 상처도 우리 마음 어딘가에 흔적을 남길 텐데, 그것을 인식하고 치유하지 못한다면 나중에 어떠한 병으로 우리 몸에 찾아올거라는 생각을 했다. 소심하고 성실했던 아빠는 거칠고 폭력적인 사회에서 가족을 책임져야 한다는 무거운 짐을 지고 다친 마음을 제대로 치료하지 못하고 살았을 것이다. 그것이 우울증과 알츠하이머라는 결과를 가져왔을 것이다. 단 한 번의 꽃시절도 없었을 것 같은 아빠의 일생을 생각하니 가슴이 먹먹해졌다.

집수리와 유튜브 그리고 나의 욕망

유튜브가 여름나무에게 집수리하는 방법을 알려주는 기술학교였다면 나에게는 감춰진 욕망을 들여다보고 삶의 방식을 확인하고 성찰하는 매체이기도 했다.

유튜브로 집수리하는 방법을 배우다가, 멋지게 잘 지은 집들을 보다가, 어느새 예능, 드라마를 보면서 돈에 대한 욕망이 일었다. 나는 돈에 욕심이 없고 돈 없이도 잘 살 수 있다고 생각했다. 어렸을 때는 없다는 게 부끄러울 때도 많았고 화가 날 때도 있었지만 내가 직접 경제활동을 하면서는 가끔 불편할 뿐이었다. 그런데 가만히 생각해보니 돈이 없어서 아르바이트하느라 공부에만 전념할 수 없었고 하고 싶은 일도 미뤄둘 수밖에 없었고 가고 싶은 기관에도 못 갔고 좋은 남자 사람도 놓쳤다는 생각이 들었다. 억울해졌다. 내 집이 있고 먹고살 근심이 없을 정도의 경제력만 있으면 된다고 생각했는데, 이런 태도는 내가 가질 수 없는 것으로부터 나 자신을 보호하기 위한 하나의 심리기제였다는 생각이 들기도 했다. 능력 있는 건축가와 설계를 하고 100년 이상 가는 좋은 책방의 토대를 튼튼하게 펼쳐보고 싶어졌다. 갑자기 내가 하는 일이 하찮고 꾀죄죄하게 다가왔다. 보란 듯이 번듯하게 좋은 책들을 쟁여두고 돈 때문에 허덕이지 않는 책방을 열고 싶어졌다. 한 번도 하지 않았던 생각이었다. 왜 갑자기 내가 이러는지 알 수 없었고 점점 까무러졌다.

우리에게 영상 매체는 주로 명사들의 강의를 듣고 영화를 보는 채널이었다. 하지만 집수리를 시작하면서 철 지난 예능이나 드라마를 보기 시작했고 나의 경제적인 능력으로 가질 수 없는 것들을 욕망했다. 나에게는 땀내가 가득했고 화면 저편은 향기로 가득했다. 광고만 욕망을 부추기는 것이 아니라 드라마에 등장하는 인물 하나하나가 상품이고 움직이는 기업이라는 것을 알았지만, 문득 나도 돈이 많은 사람이고 싶어졌다. 갑자기 왜 이러는 걸까? 당혹스러웠다. 20여 년 TV 없이 살다가 다시 만난 영상 매체는 이 사회의 욕망과 내 안에 가라앉았던 욕망이 만나는 계기가 된 것 같았다. 가난해서 내가 할 수 없었던 것들, 천박하다고 치부했던 것들을 바라보면서, 저런 삶을 살고 싶은 것은 아니지만 저 정도의 경제력이 있다면 얼마나 멋지게 내 삶을 설계할 수 있을까, 내가 가질 수 없어서 나를 다독이며 작고 소박한 게 좋은 것이라고 나의 욕망을 억누르고 살았던 것은 아닐까 싶기도 했다.

소로우가 막역지우였던 형을 잃고 월든 호숫가로 들어가 손수 집을 짓고 자연과 벗하고 살면서 '새 집에 자리 잡은 첫 번째 거미가 외롭지 않듯이 나도 외롭지 않다, 목초지의 현삼이나 민들레, 콩잎, 괭이밥, 등에, 호박벌이 외롭지 않듯이 나도 외롭지 않다, 물새나 월든 호수 자체가 외롭지 않듯이 나도 외롭지 않다, 태양이 혼자이듯이 나도 혼자이지만 고독하지 않다'며 '악마나 패거리를 짓는다'고 말하는 것 같았다. 『월든』을 읽으면서 소로우의 형이 이 세상에 존재하지 않기 때문에, 의식이 없는 대상을 향한 저 비유는 모두 견딜 수 없는 외로움이고 고독함으로 읽혔다. 아마도 내 심사가 이렇기 때문이었을 것이다.

아무튼, 가난이 수많은 기회로부터 나를 소외시킨 것은 사실일 것이다. 그럼에도 불구하고 경제적인 측면만이 행복이나 불행으로 직결되지는 않아서 다행이긴 했지만 일정한 삶의 질과 도전의 기회가 경제적으로 풍요로운 사람들에게 순풍으로 작용하는 것은 분명한 사실이다. 거칠고 모진 바람이 꼭 나쁜 것은 아니지만 말이다. 지난 세월에 집착하느니 다시 소박한 삶, 나다운 삶을 보듬고 흔들리지 말자고 다짐했다. 유튜브 속의 세상은 내가 공부해온 것, 좋다고 여겼던 것, 추구했던 것과는 다른 방향의 삶이었다. 소비자본주의는 흙과는, 근본과는 반대 방향으로 가고 있었으니까. 삶의 방식이 옳고 그름의 문제는 아니지만 굳이 따져야 한다면 우리가 택한 삶이 옳은 방향으로 가고 있다고 느껴졌다. 마음의 정리가 끝나고 나서야 다시 일을 시작할 수 있었다.

일하고 싶지 않아

Je ne veux pas travailler 일하고 싶지 않아
Je ne veux pas dejeuner 밥도 먹고 싶지 않아
Je veux seulement l'oublier 그냥 다 잊고 싶어
Et puis je fume 그러고 나서 담배를 피울 거야

빨리 밥 먹고 집수리하러 가야 하는데 안방에서 핑크 마티니의 「쌍빠띠끄Sympathique」가 들린다. 그것도 후렴구만 반복해서 들린다. 플런지쏘로 합판을 엄청나게 잘라서 팔에 감각이 없다던 여름나무가 시위를 시작했다. 무덥고 비가 왔지만 틈틈이 화장실, 부엌, 다락의 창문을 뜯어내고 시스템 창호로 갈아끼웠다. 그리고 다락방으로 올라가는 계단에 원목을 잘라 보강하고 단열재로 감싼 후, 조적하고 시멘트 미장을 했더니 팔에 감각이 없고 손목이 무진장 아팠다. 하루 쉬고 나면 원상복귀되던 몸도 이젠 복귀 속도가 늦어지고 있었다.

잠시 여름나무의 노래를 듣는데 나도 담배를 피우고 싶어졌다. 비오는 날 봉황산 자락으로 깊게 내려오는 안개를 뚫고 집으로 돌아올 때, 고된 노동을 하고 난 후에 한 모금 빠는 담배 맛을 보고 싶었다. 괜찮은 문장 하나를 뽑기 위해 고심하며 책상에서 피워 무는 담배의 맛과 비슷할 것이다. 폐부 깊숙이 빨아들인 맵고 싸한 연기는 뇌의 어느 부분을 자극해서 감각의 촉수를 활발하게 할 수도 있겠고, 긴장과 초조로 탈진한 몸에 쉼의 공간을 열어주기도 할 것이다. 사람들은 그 맛에 담배를 피울 것이다.

순간순간 육체노동을 그만하고 싶었다. 하기 싫으면 언제든 그만둔다고 생각하고 시작한 일이기도 했다. 그래서 일할 사람을 알아보기도 했다. 하지만 누군가에게 일을 시키는 게 쉽지 않았다. 게다가 내가 몸으로 살아본다고 하고서 하기 싫다고 멈춰버린다면, 그건 몸으로 사는 게 아니라 김수영이 얘기한 '포즈'라는 생각이 들었다. 김수영 시인은 그의 산문에서 이렇게 말했다.

시를 쓴다는 것이 무엇인지를 알면 다음 시를 못 쓰게 된다. 다음 시를 쓰기 위해서는 여태까지의 시에 대한 사변을 모조리 파산을 시켜야 한다. 혹은 파산을 시켰다고 생각해야 한다. 말을 바꾸어 하자면, 시작詩作은 '머리'로 하는 것이 아니고 '심장'으로 하는 것도 아니고 '몸'으로 하는 것이다. '온몸'으로 밀고 나가는 것이다. 정확하게 말하자면, 온몸으로 동시에 밀고 나가는 것이다.
  -『김수영 전집2, 산문』(김수영, 민음사, 2022) 중

여기서 '시'를 '노동'으로 바꿔 읽어도 될 것이다. 그간 우리가 집수리를 하는 '포즈'만 취한 것이 아니라면, 힘들어도, 하기 싫어도, 몸이 아파도 이번만큼은 담배 한 대 피워물고 '온몸'으로 밀고 나가봐야 할 것이다. 수없이 많은 시도와 실패가 우리를 어떠한 방향으로든 나아가게 할 것이기 때문이다.

나도 잠시 누워서 노래를 하다가 벌떡 일어나 마당으로 나갔다. 루꼴라, 치마상추, 로메인상추 그리고 토마토를 땄다. 절명의 향을 맡으며 또옥 또옥 잎을 뜯었다. 텃밭 일을 하거나 정원을 가꾸는 사람들이 대체로 선한 것은 인간이 본성적으로 가지고 있는 폭력성을 흙을 파고 나뭇가지를 자르고 식물을 뽑아내면서 해소하는 덕분이라고 했다. 무슨 말인지 마당 밭을 일구면서 짐작했다. 풀을 뜯을 때의 촉감과 끊어질 때 나는 소리와 향을 맡으면, 흙을 팠을 때 훅하고 밀고 올라오는 깊은 그 냄새를 맡으면, 스트레스쯤은 날려버리기에 충분했으니까.

후루룩 씻고 잘라서 볼에 담은 후 간장, 올리브오일, 레몬즙을 넣고 드레싱을 만들어 훌훌 뿌렸다. 치즈와 견과류, 올리브도 올렸다. 금강밀 통밀에 씨앗과 크랜베리를 넣고 반죽한 후, 냉장고에서 12시간 저온발효해서 구운 빵으로 브런치 상을 차렸다. 여름나무가 또 다시 '일하고 싶지 않아~' 노래를 불렀지만 우리는 집을 고치는 2마리 낙타, 하던 일을 하러 가야 했다.

사람은 9L의 먼지만 먹으면 되는데

기나긴 장마였다. 배롱나무는 그을음병에 걸렸고 나는 게으름 병에 걸렸다. 그을음병은 이파리가 불에 그을린 것처럼 시커메지는 병이고 게으름 병은 몸이 방바닥에 들러붙어 안 떨어지는 병이다. 그래서 배롱나무는 꽃도 못 피우고 시름시름 앓으며 비를 맞고, 나는 그 배롱나무를 무려 3주간이나 방치해왔다. 농약사에 가서 의논하니 진딧물이라든지 해충 배설물이 쌓이는 게 그을음병이라고 했다. 깍지, 응애, 진딧물을 물리치는 모벤토라는 약을 줘서 처방했다. 해가 반짝 났을 때는 약 성분을 분해시키니 아침저녁에 주라고 했다. 해가 들락날락하고 비도 오락가락하는데 분사하고 출근했다.

부엌 벽에 퍼티를 바르고 거친 벽을 매끈하게 만들기 위해 밀워키 샌딩기와 굵은 80방 사포로 샌딩질을 했다. '샌딩질을 했다.'라고 무심하게 썼지만, 모든 '질doing'이 그렇듯 무수한 반복과 힘이 실리는 일이었다. 우리가 거칠고 낡은 것을 갈아내기 위해 힘을 쓸 때마다 장마 지나고 마을에 나타난 소독차가 뿜어내는 연기 같은 먼지가 일었다. 먼지를 없애고 젯소를 입혀 하루쯤 지나 페인트를 바를 수 있게 해두었다. 이어 조적한 화장실 벽에 레미탈과 시멘트를 10:1 정도의 비율로 섞어서 미장을 했다. 시멘트나 레미탈에서는 밀가루같이 고운 회색 먼지가 이상한 냄새와 함께 날렸다. 거기에 적당히 물을 부으면 더 이상한 냄새가 올라왔다. 평소에 흔히 맡는 냄새가 아니었다. 이렇게 미장을 할 때는 분진이 많이 나오고 독성도 있어서 아무리 더워도 반드시 방진 마스크를 쓰고 고무장갑을 끼고 팔토시를 해야 했다. 실수로 눈에 분진이 들어가면 시력에 손상을 입을까 고글까지 꼈다. 공사현장에서 일할 때는 온갖 좋지 않은 화학약품의 냄새와 분진 등으로부터 철저하게 몸을 보호하면서 해야 한다.

에폭시 전에 바닥을 고르게 하는 수평 몰탈을 쳤다. 25kg짜리 포대에 물 6L를 섞어, 프라이머를 2번 발라준 문간방 바닥에 부었다. 여름나무가 교반기로 물과 수평 몰탈을 섞으면 나는 고무장갑을 끼고 뭉친 가루를 풀어줬다. 4포대가 들어갔다. 에폭시도 마찬가지였다. 소로우는 『월든』에서 '사람은 적은 양(약 9L)의 먼지만 먹으면 되는데 왜 노동자들은 7만 평이 넘는 땅의 먼지를 먹어야 하느냐?Why should they eat their sixty acres, when man is condemned to eat only his peck of dirt?'라고 영국의 속담을 인용하면서 한탄했다. 그런데 공사 현장에서는 흙먼지뿐 아니라 지독한 화학성분의 분진이 발생한다. 건설노동자 대부분은 이렇게 지독한 분진과 독성이 강한 냄새 속에서 일을 하고 그렇게 지은 공간에서 우리가 산다. 같은 육체노동자여도 건설 현장의 노동자를 막일꾼, '노가다'라 하고, 그 현장을 왜 '막장'이라고 하는지를 이러한 현실이 보여준다. 세상에서 우리 몸에 치명적인 화학약품이 쓰이는 곳이 바로 건설현장인데, 그 최전선에서 독성과 분진과 감독관의 천대와 싸우면서 하루벌이를 해야 하기 때문일 것이다.

9시간 30분을 일했다. 배가 쑥 들어갔으면 좋겠는데 눈만 쑥 들어갔다. 곧 한가위였다. 퇴근하니 마당에 달이 깊숙이 들어와서 우리를 내려다보고 있었다. 귀뚜라미, 쓰르라미가 쉬지 않고 울고 여름나무가 베이글 굽는다고 호두 다지는 소리가 함께하는 가을밤. 이런 날엔 논밭에 나가 땀 흘리며 벼 베고, 콩 타작하고, 좋은 사람들과 맛있는 것 먹으면서 노래하고 싶었다.

저절로 되는 것은 없다

해가 났다. 덕분에 이불을 빨아 마당에 널고 일하러 갔다. 비가 계속 오고 마음도 무거운 상태일 땐 한번 주저앉으면 일어나지지 않았다. 내 몸이 그다지 젊지 않다는 것을 느낀 시간이기도 했다. 사람들이 왜 집을 짓기 전에 규칙적인 운동을 해서 몸을 만드는지 알 것 같았다. 나는 산책도 안 하고 책도 안 보고 온라인 강의도 안 듣고 며칠간 꼼짝 않고 TV 예능만 보거나 음악만 줄창 들었다. 음악 들을 때는 아무 말도 하지 않던 여름나무가 왜 안 보던 TV를, 그것도 본 거를 또 보고 또 보냐고 물은 후, 그다음 대사를 따라하는 걸 듣고 내가 지금 뭘 하고 있지 싶었다. 사실 보면서도 알고는 있었다. 그런데 몸이 따라주질 않았다.

저절로 되는 것은 없었다. 그러니까, 마음대로 게을렀던 우리가 마음이 맞지 않는 목수와 하루 8시간씩 5일을 힘에 부치

건넌방 창밖으로 무럭무럭 자라고 있는 담쟁이와 활짝 꽃을 피운 미국자리공이 보인다.

는 천장 수리를 하고는 몸살을 앓았고 이렇게 정신줄을 놓았던 것이다. 2~3일이면 된다던 천장 수리가 5일째 되던 날 일주일은 걸릴 거라고 했다. 신뢰감이 사라졌고 무엇보다도 너무 거칠었다. 더 이상 힘들이고 돈들여서 일했는데 아름답지도 않고 기능이 좋아지는 것도 아니고 마음까지 더 다치고 싶지 않았다. 공사를 중간에 멈추고 많이 휜 대들보를 구조목 2개로 보강하고 평천장으로 수정하기로 했다. 그래놓고 고된 노동과 편안하지 않은 마음이 장마와 함께 몸살로 왔다. 이 집의 매력이 높은 천장이었는데 그것을 가리자 개방감은 사라졌고 평범한 천장이 되어버렸다. 그동안의 노력은 어디론가 사라지고 천장 높이는 절반으로 줄었다. 키가 173cm인 여름나무도 비계 위에 올라가서 까치발을 들어야 할 만큼 높은 천장을 열반사단열재로 어렵게 감쌌는데 헛수고였다. 한국패시브건축협회에서 나온 글을 읽어보니 흙먼지나 잡아주고 바람이나 막아줄 뿐 단열효과도 없다고 했다. 거실, 복도, 방에 뜯어버린 상을 다시 걸고 다락방까지 루버를 쳐야 했다. 결국 일을 수월하게 하기 위해서 디월트 각도절단기를 주문했다. 무언가 지킨다는 것은 힘이 들고, 돈이 들고, 추워도 할 일을 해야만 지켜지는 것이었다. 그것을 놓아버리고 나니 힘이 빠졌다. 일이 뜻과 다른 방향으로 흘러갔고 장마가 우울감을 데려왔다. 과정 하나하나가 발목을 잡았다. 처음엔 집수리가 우리의 선택이었는데 이제는 집이 우리에게 일을 시키고 있었다. 아무리 우리 의지대로 하려고 해도 집의 컨디션이 그렇게 할 수 없게 하고 있었다.

　일은 허방에 걸려 질척이고 있는데 마당에 담쟁이는 무성하고 그 사이로 벌들이 몰려다녔다. 손톱만 하게 올라오던 미국자리공도 내 키보다 더 크게 자라 꽃을 피우기 시작했다. 일은 아무리 힘들어도 우리가 마음 쓰고 움직인 만큼만 진행되었다. 담쟁이도 자리공도 그럴 것이다.

마감을 해야 마감이 된다

동지라는데 동지인 줄도 모르고 일했다. 선조들은 겨울을 견디기 힘든 사람들을 위해 동지를 초입에 두어 그 힘겨움을 견디게 했던 모양이다. 몸은 겨울이 본격적으로 깊어진다는 느낌이지만 자연현상은 동지부터 해가 길어지기 시작한다니, 어둠의 시간을 통과한 것만 같았다. 지구가 매일 자전하고 공전하여 봄이 오듯이 우리가 매일 움직이는 힘으로 집수리가 되고 일도 그렇게 끝나갈 것이었다.

하지만 일은 하면 할수록 늘어났다. 곧 끝날 것 같은데 안 끝나고 안 끝났다. 엉성하게라도 마무리 짓고 싶었지만 그렇게도 되지 않았다. 처음이라 그래. 우리 눈에만 보일 거야! 누가 알겠어! 말하면서 지나갔고, 지나가고 있었다. 그게 켜켜이 쌓여서 우리의 발목을 잡았다. 다른 사람들은 몰라도 우리가 알고 있었고 다음 공정에서 드러났다. 앞 공정을 깔끔하게 하지 않고 넘기면 다음 공정에서 2배 이상의 시간과 힘이 들어갔다. 작은 거 하나에도 수십 번의 손길과 시간을 요구했다. 일은 점점 디테일을 요구하는데 몸은 지쳤고 정신은 물렁해졌다. 끝은 이가 나갔고 톱은 무뎌졌다. 하루에도 몇 번을 철물점과 건재상을 오가다 지쳐서 하루를 보내야 했다. 마지막 작업이야말로 눈에 보이는 부분이고 디테일한 작업들이라 공을 들여야 했지만 이미 힘을 다 써버려서 마무리하는 데 쓸 여력이 없었다.

하루 2~3시간씩 일할 때는 퇴근하고 제법 묵직한 책을 봤는데, 5~6시간씩 일을 하면서는 가벼운 책을 보거나 강의를 듣게 되었다. 노동시간이 길어지면서는 건축 관련 영상도 꼭 필요한 게 아니면 보지 못하게 되었고 멍하게 음악을 듣거나 지난 예능을 볼 뿐이었다. 집수리는 지극히 물리적인 것이면서 동시에 그만큼 정신적인 것이었다. 우리는 몸으로 살아가는 존재이고 몸이 고단하면 정신적인 에너지도 쓸 수 없다는 것을 확인한 셈이었다. 이반 일리치가 『과거의 거울에 비추어』에서 말한 수용되어지는 인간, 퇴근해서 다음 날 노동할 수 있을 정도의 에너지만 충전해서 현장으로 간다는 문장을 몸으로 살고 있는 중이었다. 그러니까 집수리를 하려면 먼저 몸을 만들어야 했다.

먹쇠 님이 현장에서 쓰는 말 중에 '마감을 해야 마감이 된다'는 표현이 있다고 했다. 사람들은 골조가 서고 창호가 달리면 일이 거의 끝난 줄 아는데, 이때부터 건축은 시작이라며 마지막 20% 공정에 80%의 공력이 들어간다고 했다. 맞는 말이었다.

이미 체력이 방전된 상태이기 때문에 힘을 요구하는 일들을 정신력만 가지고는 해결할 수 없었다. 계속해서 포기하며 마음을 내려놓을 수밖에 없었다.

　　마감이라는 순간은 그동안 우리가 행한 거칠고 서투른 모든 흔적이 고스란히 드러나는 시기였다. 따라서 앞 공정이 엉망인 상태에서 맞이한 마감은 단정하지도 않고 아름답지도 않았지만 마감을 할 수밖에 없었다. 이성부 시인은 「봄」이라는 시에서 봄은 '기다리지 않아도 오고 기다림마저 잃었을 때도 너는 온다'고 했는데 이 집의 마감은 우리가 움직이지 않으면 오지 않는 것이었다.

마지막 저항

죽음에 대한 사회적 승인은 사람이 하나의 생산자로서도, 또 하나의 소비자로서도 쓸모없어졌을 때 이루어진다. 그때는 큰 비용을 들여서 훈련시킨 한 소비자가 마침내 총체적인 손실로 간주되어 삭제되는 순간이다. 죽는다는 것은 소비자가 할 수 있는 궁극적인 형태의 저항이 되었다.

– 이반 일리치

이제는 그만 살고 싶다던 아빠는 봄부터 식사를 거부해서 가족의 애간장을 태웠다. '죽고 싶다'고 하실 때는 그나마 대화가 가능했다. 스스로 식사를 하지 않고 밥을 국에 말거나 죽을 쒀서 떠먹여도 밀어냈다. 영양제도 소용이 없었다. 풍채 좋던 아빠의 살은 쪽쪽 빠져 앙상해졌다. 지금 생각해보면 아빠의 행동은 자본주의 시장의 소비자가 할 수 있는 마지막 저항이었다. 그렇게 사그라지는 아빠를 엄마는 견디지 못했다. 병원에서 처방받은 약은 아빠의 인간적인 모습을 빼앗아갔다. 식사를 너무 많이 해서 문제가 되었다. 스스로 밥을 차려먹는 일이 없던 아빠가 자다가도 일어나서 냉장고 문을 열고 새벽에도 밥솥을 뒤지며 아무 때나 밥을 찾았다. 늘 어린아이처럼 숟가락을 들고 놓지 않았다. 그러다 보니 집안 분위기가 말이 아니었다. 그럴 때마다 이제 회복기에 든 엄마까지 함께 절망의 수렁으로 빠져들었다.

　엄마도 엄마 스스로의 몸을 어찌하지 못하면서 이런 아빠를 요양원에는 못 보내겠다고 하셨다. 어떻게든 집에서 돌보시겠다고 우겼다. 요양원에서 놀이도 하고 운동도 하고 사람들과 어울려 놀면 정신이 맑아진다고 해도 소용이 없었다. 집에서는 만나는 사람도 한정적이고 TV만 보고 누워계시다가 우리가 올 때나 산책도 가능하니 뇌에 아무런 자극을 주지 못한다고 해도, 엄마에게 요양원은 사람을 침대에 묶어놓고 때리는 몹쓸 곳으로 인식되어 있었다. '내가 살아있는 한 안 된다.' 이 한마디로 아빠를 집에서 돌보는 것으로 가름되었지만 어떤 날은 엄마도 너무 힘들어서 하소연하셨다. 다행히도 하루에 6시간 동안 출근하는 요양보호사님이 그런대로 엄마 맘에 드는 편이라 아빠를 돌보기는 했다. 하지만 엄마도 보호를 받아야 하는 몸이라 자주 정신이 왔다 갔다 했다. 요양보호사님이 오지 않는 토요일과 일요일, 공휴일은 우리가 부모님과 만났다. 이번엔 내가 엄마 집에 갔는데 어쩐 일인지 엄마, 아빠 모두 컨디션이 좋은 편이라서 이런저런 이야기를 하게 되었다.

두 분의 신혼시절 이야기를 들었다. 휴전이 되고 평안남도 개천시로 돌아가지 못한 할아버지와 아빠는 엄마가 살고 있던 북바위골에 자리를 잡았다. 둘의 혼삿말이 오갔고 아빠는 엄마가 빨래를 하고 있으면 휘파람을 불며 개울 위로 올라가 싸리꽃을 훑어서 끊임없이 물길에 흘려보냈다. 그렇게 청혼을 하고 혼인을 했다. 아들만 넷 틈에 고명딸인 엄마는 아들 셋 중에서 딸 역할을 하면서 자란 아빠를 팔씨름으로 이길 만큼 힘이 좋은 처자였다. 엄마는 동네에서 '남자로 태어났다면 영락없는 장군감'이라 불렸고 아빠는 섬세하고 조용한 샌님 타입이었다. 천성적으로 부끄러움이 많았다. 외할머니는 그런 아빠를 아들처럼 챙기면서 해마다 모시적삼을 해입혔다. 어머니가 일찍 돌아가셔서 홀아버지 밑에서 사랑받지 못하고 자란 아빠는 그 옷을 입고 거울에 비춰보며 흡족해했다. 나이 스무 살이 되도록 따뜻한 마음을 받아보지 못하다가 엄마를 만나 처음으로 사람 사이의 정이라는 걸 알았다. 동네 사람들이 엄마가 아들 못 낳았다고 남의 집 대를 끊어서야 되겠느냐며 새 마누라 얻어주라고 했을 때도 아빠는 '저희는 괜찮습니다.'라고 말하며 사람들의 입을 막았다고 했다. 엄마는 우리가 화가 나면 싸우기도 하면서 살았지만 아빠도 그렇고 나도 그렇고 헤어져서 살고 싶지는 않다. 누가 먼저 가든지 같이 한집에 있다가 가고 싶다고 말했다. 아빠는 아빠가 좋아하는 음악을 들려줘도, TV를 틀어놔도, 그 어떤 것에도 표정 변화가 없었다. 어떤 질문에도 무조건 고개만 끄덕였다. 병원에서는 더 나빠지는 것을 늦추는 수밖에 방법이 없다고, 혼자 계시는 시간을 줄이고 누군가와 늘 함께 계시도록 하라고 했다.

　결국 아빠는 코로나에 감염되어 격리병동에 입원을 했고 요양병원을 거쳐 요양원으로 가셨다. 흰 눈이 펄펄 내리는 날 요양원으로 가시면서 고향에 가고 싶다고 하셨지만 어떻게 할 수가 없었다. 일주일에 한 번 면회 형식으로 20~30분 만나고 오는데 엄마 말씀이 옳았다. 살아있는 한 사는 것답게 살아야 한다. 삶의 터전에서 분리되어 모든 행동에 통제를 받는 힘없고 아픈 노인들만 모인 시설은 문제가 있었다. 창밖으로 북한산이 시원하게 보이고 바로 앞에 정원이 펼쳐져있다고, 5성급 호텔이 부럽지 않다고 했지만 가족과 분리되어 지내는 시간을 지루하고 답답해하셨다. 아툴 가완디의 『어떻게 죽을 것인가?』를 보면 방에 식물이 들어오고 새가 날아들고 개나 고양이가 들어와서 고요한 분위기를 휘저을 때 노인들에 눈에서 빛이 나고 얼굴에 활기가 돌았다고 쓰고 있다. 소일거리도 없이 '보호'만 받는 노인의 마지막 삶을 '소비자로서의 쓸모'로만 보는 게 아니라면 지금의 요양원 시설과 운영체제는 진지하게 재고해야만 한다.

　집만 낡아가는 것이 아니다. 꽃도 피면 지듯이 존재하는 모든 것은 시들고 낡아 사라지는 것은 너무나 당연한 사실이다. 어떻게 사라져갈 것인가가 문제이다. 집에 가려고 일어서니 창밖으로 가을빛이 곱게 내려오고 있었다. 아빠는 세간의 벗보다는 자연을 벗하고 사는 사람이었다. 아빠가 삶의 마지막을 결정할 수 있다면, 아마도 모든 것이 제자리로 돌아가기 좋은 이런 가을에 조용히 엄마 손을 놓고 가도 괜찮을 것 같다고 생각했었다. 하지만 아빠는 2024년 2월 15일 저녁 6시, 큰언니가 지켜보는 가운데 돌아가셨다. 지금쯤 아빠의 혼이 생전에 그리워하시던 고향에 머물고 계실지도 모르겠다.

내 몸에도 '뜸씨'가 살아있을까?

목포에는 다순구미라는 마을이 있다. 이름처럼 바닷가 양지바른 언덕배기에 있는 작고 아름다운 마을이라고 한다. 지금은 고인이 되신, 목포 출신의 문학평론가 황현산 선생님이 길담서원 카페에서 쓰시던 닉네임이 다순구미였다. 선생님은 『밤이 선생이다』라는 책의 '귀신이야기'라는 글에서, 안방에는 누룩곰팡이 뜸씨가 살고 건넌방의 벽지 속에는 메주 곰팡이 뜸씨가 스며들어있는데 우리는 이런 신들과 함께 살면서 영검이 깊어졌으며 우리 운명의 많은 부분을 지배해왔다고 쓰고 있다. 『시골빵집에서 자본론을 굽다』의 저자 와타나베 이타루 씨도 그런 뜸씨가 살아있는 오래된 옛집을 찾아가서 천연발효종으로 빵을 구우며 살아간다.

아침 일찍 일어나서 빵을 굽고 있는 여름나무에게 잘 부푼 반죽을 보며 너스레를 떨었다. '빵에서 가장 중요한 게 발효인데

냉장고에서 하룻밤을 자고 일어난 효모가 기지개를 켠다. 이제부턴 여름나무의 시간이다.

발효가 잘되는 건, 우리 집이 71살이니까 혹시 뜸씨가 살아있어서일까? 그것도 아니라면 동네 이름이 반죽동班竹洞이라 반죽이 잘되는 것일까?'라며 밀가루 반죽과는 아무 상관없는 말장난을 쳤다. 그러자 여름나무는 '그런 건 모르겠고 밀가루가 내 몸과 잘 맞는 것 같아. 빵을 구우면서 만나는 새벽 마당의 흙냄새가 좋아. 계절마다 다르고 날씨마다 다르고 시간마다 달라.'라고 했다. 멀리서 해가 밝아오고 젖었던 땅의 물기가 걷히면서 문 앞까지 들이닥친 야생의 냄새를 즐기고 있었다. 반죽을 성형하면서 느끼는 촉감과 발효되면서 풍기는 냄새와 오븐에서 금방 꺼냈을 때 찬 공기가 닿아서 빵이 기지개를 켜는 소리를 듣는 기쁨이, 작고 불편한 부엌에서 빵을 굽는 일을 즐거운 놀이가

주로 지리산 우리밀 통밀로 구운 깜빠뉴, 베이글, 곡물식빵 등을 아침으로 먹는다.

되게 해주었다.

'만약에 우리 집 근처에 맛있는 빵집이 있었다면 이런 기쁨을 모르고 사서 먹었겠지. 이런 점에서 결핍이 나쁘지만은 않아. 새로운 세계를 만나게 되잖아. 서울 사무실에서 일할 땐 어떤 기대나 재미, 이런 게 없었는데, 자연환경에 따라 달라지는 빵은 내가 반죽할 때 무슨 짓을 했는지를 그대로 담고 구워지거든. 쓸데없이 자꾸 만지면 기포가 터져서 빵이 제대로 부풀지 못하고, 빨리 굽고 싶어서 발효시간을 단축하면 풍미도 덜하고 금방 푸석해지는 것 같고 조금만 계량을 잘못해도 의도와는 다른 빵이 되지……' 여름나무가 얼굴이 발그레해져서 빵을 꺼내며 말을 이었다.

공주시로 이사를 와서 맛있고 좋은 빵이 늘 아쉬웠다. 코로나로 움직임에 제한을 받자 우리는 유튜브를 통해서 빵 공부를 시작했다. 독일, 호주, 캐나다, 이탈리아 등의 가정식 빵과 가정식 소스의 비법들을 배웠다. 시장을 의식하고 만드는 빵, 프로들의 소스를 배운 게 아니라 가족을 위한 레시피를 다루는 방식을 배운 것이다. 세상은 이들을 아마추어라고 부른다. 아마추어는 실력이 부족하거나 프로와 견주어 모자란 사람이라기보다는 구체적으로 계량화되지 않고 합리적으로 정립된 레시피는 없지만 몸에 익힌 감각으로 그때그때 마주치는 계절과 상황에서 재료를 적절하게 다룰 줄 아는, 무엇보다 즐기는 사람이다. 오래 그 재료를 다뤄서 물성을 잘 알고 다른 재료와 만났을 때

빵꽃이 피다.

의 결과를 미루어 추측하는 능력이 몸에 밴 사람들이다. 이성적 언어보다는 몸의 감각이 앞서는 사람들이라고 할 수 있겠다. 우리는 그런 아마추어이자 한 집안의 음식을 책임졌던 이들의 노하우를 배우며 그것을 기본으로 우리 것을 만들고자 했다. 좋은 재료로 건강하고 맛있는 빵을 구워 식탁을 공유하고 좋은 책과 만나고 싶은 마음으로 굽는 빵이 여름나무 빵이다.

여름나무는 '그런 건 모르겠다'고 눙치고 넘기지만 나는 다순 구미 님이나 와타나베 이타루 씨가 말하는 그 뜸씨들이 있다고 믿는 사람이다. 따라서 목포에서 서울 아파트로 이사해 지내는 제사는 그 정령들이 찾아오지 못할 것이라고 덤덤하게 하시는 말씀이 더 안타깝게 읽혔다. '뜸씨'는 다른 말로 바꿔 말하면, 화학작용을 일으켜서 무형의 것을 유형의 것으로 만들어내는 매개물, 촉매제이다. 일종의 질서cosmos의 세계에 뜸씨라는 행위자가 들어와 휘저어chaos 새로운 무엇인가를 탄생시키는 무형의 어떤 것이다. 그 뜸씨라는 행위자의 자리가 현대사회에는 없다는 얘기이기도 했다. 하지만 나는 여전히 그 뜸씨가 있다는 믿음을 갖고 있다. 이것이 존재한다는 믿음이 우리의 몸짓과 만드는 음식 그리고 생각에도 많은 영향을 미친다고 보기 때문이다. 따라서 옛사람들의 흔적이 보존된 장소에는 풍성한 언어와 문화의 뜸씨들이 잠재태로 있을 것이고 빵을 만드는 데만 작용하는 것이 아니라 우리 몸에도 내재하여 창작하는 계기가 될 것이라고 믿는다.

5장

쉼의 옹호

도동서원 중정당 대청마루에 누워, 길담서원이 누
군가를 '배향'한다면 어떤 사상가를 꼽을 수 있을
까 상상했다. 버트런드 러셀, 칼 마르크스, 니체,
메리 울스턴크래프트 등이 생각났고, 버지니아 울
프의 『자기만의 방』에 나오는 문장도 떠올랐다. 인
물이 아니라 몇 권의 책일 수도 있고 풀꽃나무일
수도 있고 곤충이나 동물일 수도 있을 것 같았다.

아침 산이 문턱까지 다가와있었다

인디언들은 고통스럽거나 슬픈 일을 당하면 마음에 분노를 품기보다는 그에 상응하는 좋은 것, 아름다운 것을 찾아 마음을 다스린다고 한다. 분노는 나를 더 상하게 하고 힘들게 하기 때문이다. 밤에는 영상을 보면서 기술을 익히고 낮에는 실행으로 확인하면서 몸을 쓰고 머리를 썼다. 잠자리에서조차 낮에 한 일들을 복기했다. 스위치를 완전히 꺼버릴 수 있는 쉼이 필요했다. 그래서 우리는 힘든 몸을 위로하기 위해 동무를 찾아가거나 템플스테이, 서원기행을 떠났다. 어떤 것도 생각할 필요 없이 멍하게 우리를 놓아버릴 필요가 있었다. 엑셀러레이터를 밟고 달리기 시작했다. 어느덧 풀꽃 냄새가 코끝을 간질였고 작은 바람이 눈썹을 스치고 지나가다 소곤소곤 말을 걸었다. 청소를 밀쳐두고 봄 소풍 나온 『버드나무에 부는 바람』의 두더지가 된 기분이었다.

우리는 동무들이 있는 원주, 제주도, 청송으로 달렸고, 마곡사, 갑사, 송광사 등의 사찰에서 머물며 몸을 회복해서 돌아왔다. 깊은 밤까지 대화하고 산속에 들어앉아 산책하고 습습한 나물밥을 먹고 하늘을 보고 새소리, 바람 소리를 듣는 것은 우리가 부대끼던 현장의 가장 반대편에서 부르는 노래였다. 그렇게 머물다가 나오면 다시 일할 힘이 생겼다.

특히 갑사와 송광사의 템플스테이가 좋았다. 갑사는 계룡산 자락에 완만하게 펼쳐진 터전에 자리했는데 크고 오래된 나무가 많았다. 기품이 있고 고요하며 안정적이고 편안한 절이었다. 저녁을 먹고 대웅보전 뒤에 템플스테이 마당, 소나무 아래서 별자리를 짚어보기 좋았다. 우리는 이런저런 이야기 끝에 갑사와

갑사 남매탑

동학사 사이에 있는 남매탑 이야기에 이르렀다.

　어느 추운 겨울날, 스님이 호랑이 목에 걸린 가시를 빼줬더니 호랑이 녀석이 은혜를 갚겠다고, 혼례를 치른 아리따운 아가씨를 스님에게 물어다줬단다. 스님은 봄이 되어 아가씨를 돌려보냈으나 시집갔던 집으로 돌아갈 수 없어서 친정으로 갔더니 부모님이 스님과 부부의 연을 맺고 살라고 했단다. 그럴 수는 없어서 의남매를 맺고 비구와 비구니로 불도에 정진하다가 한날한시에 입적했는데 이를 기리기 위해 탑을 세웠단다. 이것이 남매탑의 전설이었다. 내가 우스갯소리로 이는 미욱한 호랑이가 은혜를 잘못 갚아서 2개의 탑이 생긴 설화냐고 했더니 여름나무는 아가씨가 그 집에 시집가기 싫어하는 것을 영민한 호랑이가 눈치채고 스님에게 물어온 것이라 해서 웃었다. 갑사라는 이름에는 미욱한 듯 영리한 호랑이 이야기와 별들의 이야기가 새겨졌다.

　송광사 템플스테이는 방마다 계곡 가에 다실이 별도로 마련되어있었다. 일상의 물건들과 분리되어 차를 마시며 명상할 수 있는 공간이 특별했다. 다실에서 계곡에 흐르는 물소리를 들으면 먼지와 기계소음과 싸우느라 거칠어진 우리의 몸과 마음이 느긋해졌다. 게다가 법정 스님이 계시던 불일암으로 찾아가는 높고 낮고 좁아지고 넓어지며 트이고 숨어드는 산책길이 빛났다. 학승들을 길러내는 곳이라 눈에 거슬리는 글귀들이 쓰인 플래카드가 없어서 여기는 절중의 절이구나 싶었다. 깨끗하고 정갈한 음식들은 또 얼마나 마음을 행복하게 해주는지, 공주에서 꽤 먼 거리이긴 했지만 템플스테이의 전형은 이런 곳이어야 한 다는 바람을 갖게 된 곳이다.

절에 들어가면 가능한 한 아침 산책을 놓치지 않으려고 했 다. 새벽 5시쯤 문을 열면 코에 감기는 산중 대기는 낮의 공기와 달랐다. 새소리보다, 해가 밝아오는 것보다 새벽 냄새가 먼저 왔 다. 울타리를 치지 않은 아침 산이 문턱까지 다가와 있었다. 초 가을 서리가 촉촉이 내린 산길을 새소리, 물소리와 함께 걸었다.

어떤 책방을 열어가야 할까?

세계문화유산으로 등재된 9개의 서원을 돌아보면서 길담서원이 앞으로 나아갈 방향을 좀 더 명확히 잡아보고 싶었다. 살펴보니 우리가 가보지 못한 서원이 2군데 있었다. 함양 남계서원과 대구 도동서원이었다. 막연하게 백 년 책방을 꿈꾸며 공주시로 오기는 했지만 우리가 앞으로 해야 할 일, 삶의 자세, 지향점을 서원 기행을 통해서 정립하고자 했다.

서원은 주로 선조를 배향하고 후학을 양성하는 기능을 한다. 남계서원은 일두 정여창을 배향하는 서원으로 출입문이자 누각이며 유희의 공간이기도 한 풍영루風詠樓가 인상적이었다. 논어에서 취한 이름이라고 했는데, 앞으로 우리가 공부를 하면서 자급하는 삶이 어떻게 가능할 것인가에 대한 힌트를 얻을 수 있을 것 같았다. 시절에 맞게 스스로 삶을 즐기면서 다양한 사람들과 함께 공부하겠다는 증점曾點의 말이었다.

400년이나 된 은행나무는 무더위에도 기세가 등등하여 학자적인 풍모와 위용을 담기에 충분했다.

　어느 날 공자가 제자들에게 소원이 뭐냐고 물었다. 작은 고을을 풍요롭게 만들고 싶다는 제자가 있었고 종묘 제사나 회의 때 보좌관 노릇을 하고 싶다는 제자도 있었다. 그런데 증점이라는 제자는 '봄옷이 만들어지면 젊은이 5~6명과 어린이 6~7명을 데리고 기수에서 목욕하고 무우에서 바람 쐰 후 시를 읊으며 돌아오고 싶습니다. 春服旣成 冠者五六人 童子六七人 浴乎沂 風乎舞雩 詠而歸'라고 했다. 그러자 공자가 증점을 따라가겠다고 했다.

　대구 도동서원은 대미산 서북쪽에서 낙동강을 내려다보는 구조이다. 절이나 서원의 자리가 그렇듯 도동서원도 자라가 머리를 쭈욱 빼고 낙동강 물을 맘껏 들이키는 형국이라고 한다. 도동서원에서 제일 압도적으로 눈길을 끄는 것은 학자 나무라

일컫는 400년이 넘는 은행나무와 선비의 표리부동하지 않음을 상징한다는 배롱나무였다. 커다란 은행나무가 행단 아래서 공부하는 유생들의 모습을 저절로 상상하게 할 정도로 기품이 넘치는 멋스러움이 있었고 배롱나무도 한창 뜨거운 여름 볕을 받으며 때를 만난 듯 활짝 꽃을 피우고 있어 선비들이 한껏 멋을 내고 모여든 모습 같았다. 김굉필은 소학을 중시해서 스스로를 소학동자로 부르며 유교 윤리를 엄격하게 따랐다고 하는데 그 강직함이 서원 배치에도 직선축의 가파른 계단으로 반영되었다. 은행나무를 지나 유희 공간인 수월루에서 멀리 낙동강을 조망하고 환주문으로 들어서면 기숙사인 거인재와 거의재가 나오고 강학 공간인 중정당에 이르러 가파른 계단을 오르면 사당이 있다. 담장 밖 산자락엔 김굉필과 부인, 자손들의 묘가 한 폭으로 자리 잡았다. 성리학적 건축미의 정수로 꼽히는 중정당은 굵은 민흘림기둥에 흰 띠지를 둘러놓은 것이 특징이다. 이는 조선 오현 중의 으뜸인 한훤당 김굉필을 모신 곳이니 누구든 말에서 내려 예의를 갖추라는 표시라고 했다. 마루 아래 기단도 전국에 흩어져있는 한훤당의 제자들이 스승을 추모하기 위해 돌을 보내와서 그 돌로 퍼즐을 맞추듯 쌓았다고 전해진다.

우리는 한훤당 묘소에 다녀오다가 도동서원 중정당 대청마루에 누워, 길담서원이 누군가를 '배향'한다면 어떤 사상가를 꼽을 수 있을까 상상했다. 버트런드 러셀, 칼 마르크스, 니체, 메리 울스턴크래프트 등이 생각났고, 버지니아 울프의 『자기만의

오래된 은행나무를 지나면 유희 공간인 수월루가 보인다.

중정단 기단석의 용머리 조각

방』에 나오는 문장도 떠올랐다.

　화자가 강둑에 앉아 아주 작은 낚싯줄에 걸려 올라온 '사색'의 끈을 붙잡고 거기에 몰입해서 잔디밭을 가로질러 가다가 관

도동서원 중정당. 뒷문으로 보이는 계단으로 오르면 사당이 나온다. 수월루에서 사당까지 완만한 경사에 일직선으로 건물들이 위치해있다.

리인에게 저지당하는 바람에 놓쳐버렸다고 한 대목이다. 어부라면 다시 놓아줬을 만큼 작은 물고기 같은 '사색'은, 사실 아주 어마어마한 가능성이었을지도 모른다. 그러나 여성인 화자는 잔디밭을 통행할 자유가 없으므로 관리인에게 저지되어 그 가능성을 놓쳐버리고 만다. 방해를 받지 않는 남자 사람들은 그 가능성을 실현했고, 늘 저지당하는 여자 사람들은 그 가능성들을 놓쳐버릴 수밖에 없었던 이유, 그것이 무엇인지를 말하기 위해 버지니아 울프는 몇 개의 에피소드를 심어놓았다. '나는 문이 밖에서 잠겨 있는 것이 얼마나 불쾌한 일인지 생각했다. 그리고 안에 갇히는 일이 얼마나 더 나쁜 일일지 생각했다.I thought how unpleasant it is to be locked out ; and I thought how it is worse perhaps to be locked in.' 이 문장은 옥스브릿지 대학도서관에서 저지당한 이야기다. 잠겨버린 도서관 문 앞에서 버지니아 울프는 안에 갇힌 것보다는 밖에서 잠긴 것이 나을지도 모르겠다고 생각한다. 어떤 한 여성에 의해서 이 도서관이 저주받았다는 사실을 그들은 신경쓰지 않겠지만 '다시는 저 계단에 메아리가 울리게 하지 않겠다'고 다짐하며 자리를 뜬다. 그 다음 발길이 닿은 곳이 학교 예배당인데 여기서 화자는 진입을 시도하지 못한다. 두 번을 연속으로 저지당한 화자는 거기도 못 들어가게 할 것이라고 짐작한다. 그리고 중얼거린다. '하지만 이 웅장한 건물의 외부는 종종 내부만큼 아름답다.' 여성이라서 자유롭게 들어갈 수 없을 것이라고 생각한 학교 예배당 앞에서 밖의 풍경도 볼 만하다며 돌아선다. 그리고 어두운 밤에 아무도 없는 골목을 돌아 호텔로 가면서 허기진 고독을 느낀다.

건축가 김원은 『건축은 예술인가』라는 책에서 '조선시대 안마당은 여성들의 해방구였다'라고 말했다. 남성들은 여성들을 텅 빈 안마당에서 생활에 필요한 일을 수행해야 하는 사람으로, 제도와 관습으로 가두었다. 관혼상제와 생로병사의 전 과정을 안마당의 여성들과 바깥마당의 하인들이 책임졌다. 그러나 남자 사람들은 사랑방에서, 별채에서, 외별채에서 그리고 이러한 서원에서 자신들이 꿈꾸는 이상향을 구현하고 품격 있는 복식을 갖추고 예술을 즐기고 강학하고 강론했다. 여성들과 하인들이 해주는 노동력의 기반 위에서 그들의 한가로움은 익어갔고 사상의 거처로 만들 수 있었다.

강학 공간인 중정당 민흘림기둥에 흰 한지를 둘렀다.

우리는 버지니아 울프가 말하는 'locked out'보다 우리나라
여성들이 처했던 'locked in'이 더 비참하다고 생각했다. 더군다
나 자신이 갇혀있다는 사실을 모른다면 얼마나 더 불행한가! 그
나마 'locked out'은 가능성이다. 보이는 세계이다. 누구는 들어
갈 수 있고 누구는 들어갈 수 없는 차별이 보이고 다양한 현상이
보인다. 그러나 갇혀 있는 세계는 그것이 보이지 않는다. 못 보
게 해 놓고 거기가 여성들의 해방구였다니!

여기 도동서원에서 기숙하던 유생들은 스스로 청소하고 스
스로 불을 때고 밥을 해서 먹었을까? 여기에서 일하던 사람들은
누구였을까? 어디에 기거했을까? 성균관 유생들은 공노비인 반
인伴人들의 힘을 빌었는데, 서원에는 집안 하인들이 왔다 갔다
했을까? 서원 안내도에는 그러한 공간은 표시되어있지 않았다.

우리는 그림자 노동을 하는 사람들, 있지만 보이지 않는 사람들의 노동을 읽어낼 수 있어야 한다고 생각했다. 이런 품위 있는 서원을 지은 사람들, 이런 체계를 지속할 수 있게 했던 사람들의 노동을 말이다.

수리 중인 기숙사 거인재 바닥에 깨져서 뒹구는 빗살무늬 기와 조각 하나를 주워 나오며 이야기는 계속되었다. 우리가 조선 시대 교육기관인 서원이라는 이름을 잇듯이, 정신을 잇는 지점을 '배향'에서 찾을 수 있을까? 그이가 옛날 남자보다는 요즘 여자였으면 좋을 텐데! 우리가 한국에 사는 여자 사람인데 우리나라 여자 사람은 없을까? 바로 떠오르는 인물이 없었다. 사람이 아니라 책이어도 좋겠다고 이야기했다. 인물이 아니라 몇 권의 책일 수도 있고 풀꽃나무일 수도 있고 곤충이나 동물일 수도 있을 것 같았다. 100년 전 유럽 인물들의 말씀은 여전히 메아리가 되고 유효하지만, 너무 많이 회자되어 뭔가 낡고 고루한 느낌을 감출 수 없었다. 그 지점에서 머리가 아팠다. 배롱나무, 은행나무, 감나무, 베짱이, 쑥이나 취, 엉겅퀴, 동학, 노자, 정약용, 허난설헌, 버지니아 울프, 도나 해러웨이, 메리 울스턴크래프트, 장일순이나 권정생 등이 줄을 이었지만 우리에게 맞는 배향할 대상은 공부하면서 찾아보기로 했다. 우선 길담서원을 열어가면서 공부하자고 마음을 모았다.

팥과 귀리 그리고 전호

경상북도 청도군 풍각면 수월리에 있는 평화가 깃든 밥상으로 문성희 선생님을 만나러 갔다. '한번 다녀가라.' '네, 한번 갈게요.'라고 한 지 너무 오래였다. 원주에서 공주로 온 캡틴후 님과 함께 공주에서 조치원역까지 시외버스로 1시간 30분, 조치원역에서 무궁화호를 타고 3시간을 가서 청도역에서 내린 후, 택시를 타고 30분을 들어가서야 만날 수 있었다. 모든 교통망이 서울을 중심으로 되어있어서 지역에서 지역으로 이동할 때 시간이 많이 걸렸다. 차를 타는 시간과 갈아타는 데 든 시간을 합치면 6시간에 가까웠다.

수월리는 비슬산을 중심으로 마을이 형성되어있었다. 산 정상에 있는 바위가 신선이 거문고를 타는 모습이라 하여 비슬산이다. 상수리나무는 연둣빛, 소나무는 진초록빛이어서 온통 초록빛 바탕이었다. 산벚꽃은 지고 아카시아, 찔레꽃이 한창이며 때죽나무꽃도 피기 시작하여 희끗희끗했다. 가끔씩 바람이 휘몰아치면 상수리 나뭇잎이 뒤집히면서 연둣빛을 집어삼켰다. 수월저수지를 둘러싼 비슬산은 우리에게 달콤하고 시원한 향기를 계속해서 날라다주었고 검은등뻐꾸기는 '홀딱벗어, 홀딱벗어!' 하며 쉬지 않고 울었다. 저수지 산책로에서는 살모사까지 마중을 나와 우리의 산책을 쫄깃하게 해주었다.

아침은 귀리팥죽인데 조금 더 끓여야겠다고 했다. 죽이 끓는 동안 마당 텃밭에서 상추, 왕고들빼기, 쑥갓, 배추, 루꼴라 등등을 따다가 씻고 호두와 아카시아, 찔레꽃을 얹어 샐러드를 준비했다. 선생님이 귀리팥죽이 다 된 것 같다며 소금을 살짝 치고는 간을 보라고 불렀다. 부드럽게 터지는 팥의 분과 톡 터지는 귀리의 까슬한 거침이 입안에서 함께 번졌다. 아, 맛있다! 이런 맛이 있었구나! 세상에 이런 죽도 있었구나! 부드러운 갱미죽만 생각하다가 이 갑작스러운 맛에 깜짝 놀라 배가 부른데도 조금 더 먹었다. 이런 죽은 처음 먹어본다고 하니, 책에도 소개했다고 하셨다. 내가 '선생님 책은 거의 다 봤는데……' 하고 말끝을 흐리자 여름나무가 '눈으로 본 것은 금방 잊을 수 있지만 한번 먹어본 것은 잊히지 않는다'고 해서 고개를 끄덕였다. 이제 귀리팥죽을 먹을 때마다 수월리 평화가 깃든 밥상이 생각날 것이다. 만드는 방법도 간단했다. 압력밥솥에 깨끗이 씻은 팥과 귀리를 적당한 비율로 넣고 30분 정도 끓인 후 소금 간을 하면 된다.

15년 전 우리가 처음 만났을 때 이야기, 밥상 이야기, 흩어지지 않으면 옷이 된다는 바느질 이야기를 했다. 캡틴후 님의 어머니가 남기신 천으로 선생님이 만든 옷을 입고 거울에 비춰보다가 대화의 물꼬는 새벽 3시 30분에 시작하는 명상 이야기로 흘렀다. 햇빛이 뼈를 녹일 정도로 내 몸을 자연 속에 가만히 내어놓는 시간을 가져보라는 데에 닿았다.

이튿날 평화가 깃든 밥상에서 나와 대구에서 온 살구씨 님 차를 타고 비슬산 옛길을 넘으며 산나물을 했다. 취나물, 고사리, 미역취, 질경이, 산비비추, 산고들빼기 등등의 나물을 하면서 산을 넘어 살구씨 님이 운영하는 시간과공간연구소로 갔다. 근대 건축물을 리노베이션한 사무실이었다. 여기서 운영하는

마당 텃밭 채소에 호두를 까서 올리고 찔레꽃을 장식했다. 보기에도 좋고 풍성한 샐러드가 되었다.

프로그램 중 하나로 산나물 학교가 있었다. 우리가 채취한 산나물로 만든 샐러드와 와인을 곁들여 먹으며 산나물에 대한 이야기, 옛 건축물 리노베이션에 대한 이야기를 나누었다. 올리브유를 베이스로 취나물과 딸기청, 전호와 생강청, 데친 망초대와 리코타치즈, 새싹방아와 레몬청을 소스로 했는데 맛이 괜찮았다. 거의 청을 베이스로 한 소스들이라 내 입에는 너무 달아서 간장 베이스로 소스를 바꿔보면 어떨까 싶기도 했지만 드라이한 와인이랑 마시니 어울렸다.

기차를 타러 나서는데 살구씨 님이 전을 부쳐먹으라며 전호를 한 줌 챙겨줬다. 햇빛이 좋고 물기가 있는 곳에서 잘 자라는 전호는 크기나 색, 마디가 있는 것은 미나리랑 비슷한데 잎은 미나리보다 뾰족하다. 미나리가 순한 맛이라면 전호는 매운맛과 쓴맛이 살짝 돌고 쌉싸름하다. 쌈이나 무침, 샐러드, 전이나 튀김 등 다양하게 활용할 수 있다. 달래장 양념으로 겉절이처럼 먹어도 좋고, 장아찌를 담갔던 간장에 매실과 식초를 추가해서 젓가락으로 휘휘 섞고 통깨 술술 뿌려서 먹어도 괜찮았다.

비슬산을 가운데 두고 청도군 풍각면 수월리 평화가 깃든 밥상과 대구시 중구 북성로의 시간과공간연구소를 방문하면서 귀리팥죽과 전호를 새롭게 알게 되었다. 일상에서 벗어난 여행은 새로운 사람, 새로운 공간을 만나 우리의 삶의 활력소가 되기도 하고 새로운 생각이 깃들게도 한다.

마음에 걸리는 그것

눈이 내리고 바람이 불었다. 우리는 이제하 시인이 작사, 작곡한 「김영랑, 조두남, 모란, 동백」을 이일훈 건축가의 49재 때 양운기 수사님께서 부른 추모곡으로 들으며 제주도에 있는 '면형의 집'으로 갔다. 250년 된 녹나무 위에 함박눈이 쉬지 않고 내리고 있었다. 수많은 이야기를 품고 있을 것 같은 토토로의 그 녹나무가 거기 있었다. 약속한 2시에 딱 맞춰서 도착했는데 나무에 반해 안으로 들어가야 할지 함박눈을 맞고 있는 녹나무를 담아야 할지 갈팡하고 질팡했다. 날씨는 변덕스러웠지만 자연도 건축물도 고즈넉하고 아름다웠다.

면형의 집에 들어서자 수사님은 둥그런 테이블에서 녹나무를 등지고 책을 읽고 계셨다. 우리는 수사님으로부터 이일훈 건축가와의 인연, 홍로성당이 지어지는 과정 등등에 대한 이야기를 들었다. 가슴은 구멍이 뚫려버렸고 거기 바람이 머물며 우는 것 같았다. 너른 창엔 녹나무가 가득 들어오고 그 위로 해가 내려오고 구름이 지나가고 가끔 싸락눈이, 함박눈이 지나갔다. 토토로가 튀어나올 것 같은 녹나무에 해가 비치고 눈이 펑펑 쏟아지는데 정말 다른 세계에 온 듯했다. 여름나무는 눈부신 오월, 벚꽃이 지는 것 같다고 했다. 나는 귀로는 수사님의 말씀을 듣고 눈은 녹나무 위에서 일어나는 변화무쌍함을 보고 있었다. 저 허공 어느 사이에서 이일훈 선생님의 혼이 나를 보며 '웃기고 있네! 팽팽 살아있을 땐 데면데면했으면서 세상을 등지고 나니 이제 와서 뭐 하느냐, 너의 삶이나 잘 살라'고 그 특유의 억양과 목소리로 말씀하실 것 같기도 했다.

면형의 집 옆에 있는 홍로성당은 이일훈 건축가의 작품이다. 제단은 한라산을 닮았고 제단 상판에는 제주도의 지도를 마치 수선전도처럼 그려넣었다. 십자가는 형틀의 모양으로 50년 된 교회를 해체하면서 나온 옛 부재를 집성해서 만들었고 예수상은 서학이 도입되던 시기 천주교에 귀의한 농민의 모습을 닮았다. 제단 뒤 사제들이 앉는 자리도 거기서 나온 부재를 이용해서 등받이가 없어 불편하기 그지없는 스툴로 만들었다. 앉아 있는 자리가 사제들의 마음가짐을 스스로 조율할 수 있도록 했다. 교인과 사제들의 평등함을 고재로 만든 스툴에 담았다.

밖으로 나왔는데, 50년 된 교회가 있던 녹나무 옆자리에 부어놓은 현무암이 터의 무늬를 지키고 있었다. 그때 여기, 이 자리에 홍로성당이 있었다, 그런데 지금은 저기에 새로 지어 옮겼

225

제주도의 지도를 닮은 제단, 농민의 모습을 한 예수상, 사제들을 위한 불편한 스툴이 놓인 홍로성당은 건축주와 건축가의 신뢰와 동지애가 담긴 건축물이었다.

녹나무 아래 50년 전 홍로성당이 있던 자리에 현무암을 부어놓았다. 뒤쪽 측면으로 옮겨서 지은 홍로성당이 보인다.

다는 의미였다. 아무것도 없는 공터처럼 보이지만 비어있음으로 존재를 증명하고 있었다. 이일훈이라는 건축가는 이런 사람이었고 양운기 수사님은 이런 파격을 담아낼 수 있도록 교구에서 사제들을 설득한 사람이었다. 홍로성당은 종교의 역할과 새로운 정신, 지역의 고유성을 찾기 위해 고뇌하던 건축가와 건축주의 우정과 동지애가 담긴 건축물이었다.

면형의 집에서 나와 성프란치스코 평화센터로 향했다. 1976년 3월, 유신정권 퇴진을 요구하는 3.1 민주구국선언에 참여했던 문정현 신부님이 구속되었는데 민주화운동 관련자 명예 회복 및 보상 등에 관한 법률에 의해 무죄판결을 받아냈다. 이때 받은 배상금으로 땅을 구입하면서 성프란치스코 평화센터의 역사가 시작되었다. 강우일 주교를 비롯한 신자들, 정의와 평화를 염원하는 마음들이 모이고 이일훈 건축가의 설계로 지어졌다. 양운기 수사님에 따르면 2014년 프란치스코 교종 방한 당시 세월호 추모 리본을 달고 있는 교종에게 누군가 정치적인 중립을 위해 리본을 떼라고 했는데, 프란치스코 교종은 단호히 거부하며 '인간의 고통 앞에 중립은 없다'고 했다. 이 말은 파울로 프레리의 사상이기도 한데, 중립을 지킨다는 것은 지배계급과 피지배계급의 위치를 강화하는 것이라는 의미였다. 그의 세례명을 따서 성프란치스코 평화센터가 되었다고 한다.

홍로성당이 이일훈 건축가와 양운기 수사님의 사상이 전적으로 반영된 건축물이라면 성프란치스코 평화센터는 정의와 평화를 염원하는 사람들의 의견을 반영하여 설계된 건축물이라고 했다. 1층에는 마을 사람 누구나 이용할 수 있는 쉼터, 문정현 신부님 서각실, 예배실 그리고 활동가들이 정신적으로 지치고 힘들 때 명상하고 묵상하는 성소가 있었다. 문정현 신부님은 돌아가신 배은심 어머니를 보내드리기 위해 광주로 떠나시고 수사님을 따라간 우리만 서성대고 있었다. 2층에는 강당과 식당이 있고 3층에는 개인 숙소와 화장실 그리고 단체 숙소가 있었다. 거기 창을 통해 강정해군기지가 보이는데 창문 옆에는 양운기 수사님이 자료 조사한 '1900년 이후의 전쟁과 희생자 숫자'들을 문정현 신부님 서각으로 붙여놓았다. 전쟁이 없는 시기에도 전시만큼이나 많은 사람들이 희생되고 있다는 사실을 통계로 보여주는 자료였다.

성프란치스코 평화센터를 나와 이일훈 건축가의 스승, 김중업 건축가의 작품으로 추정하는 소라의 성으로 향했다. 소라의 성은 올레6길에 있는데 개인이 식당으로 운영하던 곳을 제주시가 매입하여 시민들이 자유롭게 쓸 수 있는 북카페 공간으로 만들었다고 했다. 우리는 늦은 시간에 도착해서 드문드문 보고 왔다. 근거가 되는 역사적 자료가 없어서 건축가 김중업 선생의 작업으로 추정된다고 기록해놓았다. 그런데 이일훈 선생님이 보시고는 '기네!'라고 하셨단다.

수사님은 소라의 성에서 나오면서 우리의 다음 스케줄을 물었고, 저녁 식사를 함께하자고 권했다. 제주에 와있는 동안 어떤 음식을 먹었는지, 안 먹는 게 뭐가 있는지 꼼꼼하게 챙기시더니 '수라간'이라고 이일훈 건축가와 함께 갔던 제주 흑돼지 집으로 우리를 초대했다. 임금의 진지를 짓던 부엌이라는 이름처럼 음식이 정갈하고 맛도 좋았다. 흑돼지구이에 소맥도 했다. 나도 오랜만에 소주를 3잔이나 하고는 말도 많이 했다. 그 과정에서 우리가 다 연결되어 있다는 걸 알았다. 그리고 그 연결은 진심을 다한 노력의 결과라는 걸 느꼈다. 내가 성 바오로수도회에서 길담서원에 대한 이야기를 하면서 알게 된 이냐시오 수사님에 대해 말씀을 드리자, 레벤 호프나 북카페 레벤, 레벤북스를 만든 게 쉽게 이루어진 일이 아닐 것이라고 했다. 담당 수사님께서 연세 드신 신부님들과 동료 사제들을 설득해서 진행되었을 것이라며 고마워하셨다.

우리는 9시가 넘어서 헤어졌다. 수사님과 동무들과 헤어져 숙소로 오는 버스 안에서 「김영랑, 조두남, 모란, 동백」을 계속 들었다. 한동안 집에 와서는 이제하 시인의 목소리로 들었다. 그 노래 속에는 이일훈 건축가, 양운기 수사님만 계시는 게 아니라 그 자리에 같이 있었던 내 동무들 숯뎅이, 아그네스가 함께 있었다. 녹나무도 있고 면형의 집에서 자전거를 타고 마을로 향하던 베트남 신부님도 계셨다. 제주의 바람과 눈과 함께 어둑한 길을 더듬어 소라에 성으로 찾아들던 우리의 발소리도 있었다.

집으로 돌아와서 우리가 이 세상을 떠난 이일훈 건축가를 인연으로 만났는데, 가장 아파하고 가장 힘겨워하며 공동체를 위해 일하시는 수사님께 대접만 받은 것이 마음에 걸린다고 말했다. 하지만 이미 지난 일이었고 '걸리면 된 것'이라고 생각했다. 우리는 마음에 걸리는 그것이 우리를 조금 다르게 살게 할 것이고 다른 삶의 태도를 갖도록 도와줄 것이라고 말했다. 동시에 문정현 신부님, 이일훈 건축가, 이냐시오 수사님, 양운기 수사님은 무엇이 마음에 걸렸기에 그러한 삶을 택했을까 하는 생각이 들기도 했다.

슈베르트와 케테 콜비츠

숯뎅이 님 자동차에 올랐다. 빌헬름 뮐러가 쓴 시에 슈베르트가 곡을 붙이고 이안 보스트리치가 노래하는 「겨울 나그네」도 동승했다. 자동차는 쭉쭉 뻗은 중산간로를 달리고 이안 보스트리치는 「봄의 꿈」을 읊조리기 시작했다. 여름나무가 마치 그림 속으로 들어온 것 같다고 했다. 차가 드문 중산간로를 꿀렁이며 달려가는데 이 가곡의 리듬과 속도가 잘 맞아들었다. 미세먼지가 여전해서 바다도 제대로 보이지 않았지만 적당한 햇빛이 쏟아졌다. 노래를 흥얼대다가 문득 던지는 한마디에 웃음이 섞였다. 그렇게 달려서 깊은 숲으로 난 흙길을 걸어 시오름에 오를 예정이었다. 그림에 집중하고 싶어서 서울에서 제주로 이주한 숯뎅이 님은 그림을 그릴 도구를 챙겼고 우린 책과 노트를 챙겼다. 아, 그런데 예약을 하지 않았던 것이다. 대부분의 오름은 예약을 하지 않아도 되지만 사람들이 많이 찾는 오름은 사전

예약이 필수였다. 마음을 접고 포도뮤지엄으로 발길을 돌렸다.

'재난과 혐오'를 주제로 최수진, 강애란, 쿠와쿠보 료타, 쟝 샤오강 등과 케테 콜비츠의 판화 작품들을 전시하고 있었다. 들어서자마자 만난 케테 콜비츠의 일기, 오랜 독백은 우리에게 힘을 주는 성숙한 문장이었다. 빌헬름 뮐러의 시가 20~30대 청춘의 아픔과 좌절, 죽음을 닮은 동백 이미지라면, 케테 콜비츠의 아래 문장은 깊은 편백나무 숲처럼 든든한 방풍림이었다.

나이 듦은 청춘의 나머지가 아니라 완전히 새로운 상태다. 그것 자체로 존재하는 위대한 상태다. 내 안에 있는 그 어떤 것이 새로워지는 느낌이었다. 그것이 바로 자기 발전이라는 의미의 나이 듦이었다. 영원히 타오르는 촛불이 반짝거리기 시작했다.

– 1921년 11월 일기 중

우리는 여성으로도, 예술가로도 열정적으로 온전하게 자기다운 삶을 살면서도 이웃의 아픔과 인류의 고통에 함께했던 케테 콜비츠를 만났다. 그는 노동의 현장에서 착취당하는 가난한 사람들, 전쟁으로 희생되는 사람들, 굶주림에 호소하는 아이들의 모습을 판화 작품에 담았다. 전쟁이 무슨 짓을 하고 있는지 처절하고 생생하게 보여줬다. 우리는 전쟁 없는 시대를 사는 것 같지만 매일매일 보이지 않는 전쟁을 치르면서 살아간다. 여전히 먹고살기 위한 전쟁에서 수없이 많은 상처를 받고 집으로 돌아와 간신히 상처를 가라앉히고 또다시 전쟁터로 출근한다는 생각을 했다.

모든 생명 있는 존재들이 깨끗한 물과 햇빛과 바람을 누리면서 살아야 하듯이, 사람이 태어난 이상 존중받으며 살아야 하고 기본적인 생활을 보장받아야 한다. 사람들이 경제적 어려움 때문에 젊은 나이에 죽어나가지 않고, 이 땅의 슈베르트가 아프지 않고 음악을 계속할 수 있도록, 검소하게 살면서 하고 싶은 것을 웬만큼 노력하면 성취할 수 있게 보장하는 사회제도를 만들어야 한다고 슈베르트의 음악이, 케테 콜비츠의 판화가 말하고 있었다.

선생님들의 우정

많은 분들이 집을 보고 갔다. 보는 사람들 대부분이 신축하라고 권했다. 수리비가 신축비보다 더 많이 나온다고 했다. 어쩌자고 이런 집을 샀냐고 걱정을 너무 많이 해서 기가 꺾인 적도 있었다. 직접 수리를 할 거라고 했더니 함부로 덤비다가 건강을 잃는다고 말렸다.

봉황동 290번지와 인연을 맺고 1달쯤 흘러 날씨 맑고 좋은 날, 박성준 선생님과 김판수 선생님께서 오셨다. 마곡사 아래 햇빛학교 이사장님과 우리는 고속터미널에 있는 커피숍에서 두 분을 만나 인사를 하고 봉황동 290번지로 왔다. 김판수 선생님은 본채와 별채를 둘러보고 옥상에 올라 사방이 작은 산으로 둘러싸인 원도심이 포근하고 좋다면서 옥인동 길담서원보다 커 보이고 공간이 재밌다고 하셨다. 보잘것없는 집을 보고 고심해서 찾아낸 말씀이었을 것이다. 박성준 선생님은 말없이 계시더니 이 집을 어떻게 수리를 하고 어떻게 운영할 계획인지를 물으셨다. 자서전적 도서를 중심으로 하는 책방, 한뼘미술관, 좋은 먹을거리와 함께하는 식탁을 구상하고 있는데, 여건이 된다면 게스트하우스도 하고 싶다고 말씀드렸다. 걱정하시기에 우선 별채를 수리해서 책방을 열고 차츰차츰 만들어갈 것이라고 했다.

김판수 선생님께서 김홍정의 소설『호서극장』을 읽고 계신다기에 그 소설의 배경이 되는 제민천을 걸어서 옛 호서극장에 들렀다가 햇빛학교로 향했다. 가는 동안 박성준 선생님은 자서전적인 글을 쓰고 계신다고 했고 김판수 선생님은 염무웅 선생님과 함께 익천문화재단 길동무 설립을 준비 중이라고 하셨다. 햇빛학교를 둘러보고 박승옥 이사장님의 안내로 마곡사 원혜 스님을 만났다. 길담서원이 공주시로 이사한 것을 시청에서 발행하는 소식지에서 봤다며 반갑게 맞아주셨다. 금잔화 차를 사이에 두고 말씀을 나누는데 작은아버지가 돌아가셔서 장지에 다녀온 시자 스님이 술에 취해 진담인지 농담인지 알 수 없는 말씀을 계속했다. 속세와 인연을 끊고 산중에 들어와 살지만 슬픔까지 지워버릴 수는 없겠다는 생각이 들었고 '헛소리'도 불쾌하진 않았지만 자꾸 대화가 끊겼다. 탓에 원혜 스님과는 제대로 말씀을 나누지 못했다. 절에서 나와 헤어질 무렵 여름나무가 아침에 구운 우리밀 통밀빵과 팥빵을 드렸고, 김판수 선생님은 송경동 시인의『사소한 물음에 답함』과 정지창 교수의『문학의 위안』을 주셨다. 두 분은 고속버스를 타고 서울로 향했다. 우린 묵직한 두 권의 책을 안고 노을 지는 금강철교를 걸어 집으로 오면서 이야기를 나눴다.

공주시로 이사하고 얼마 지나지 않았을 때, 김판수 선생님으로부터 연락이 왔다. 선생님은 성준 형과 함께 길담서원을 잘 만들어줘서 고맙다고 하셨다. 코로나로 어수선한 분위기에서 움직이기 쉽지 않았을 텐데 고생이 많았을 것이라고 조금이나마 도움이 되고 싶다며 후원금을 보내주겠다고 하셨다. 그 문자메시지만으로도 충분히 감사했다. 저희 힘으로 해보고 할 수 없다면 그때 도움을 청하겠다고 말씀드렸다. 꼭 그렇게 해달라고 형과 나의 우정으로 비롯된 인연을 기억해달라고 하셨다. 선생님은 많은 개인과 단체를 조용히 돕고 계셨는데 우리가 길담서원을 다시 시작할 자리를 마련했다고 하자 찾아오셨다.

김판수 선생님은 1969년 덴마크 엘시노어의 '인터내셔널 피플스 칼리지IPC' 영화학과에서 유학하던 중 '동베를린 유학생간첩단 사건'에 연루되어 대전교도소에서 5년간 징역살이를 했다. 대전교도소 시절 통혁당 사건으로 먼저 들어가계셨던 박성준 선생님과 한 방에 있었다. 인쇄조판공으로 같이 출력했고 독서도 같이했고 편지도 같이 읽었다. 무엇보다도 박성준 선생님이 권해준 책으로부터 많은 영향을 받았는데, 미하일 일린의 『인간의 역사』가 처음으로 권해준 책이었다. 선생님은 '어떠한 비극, 어떠한 절망 속에서도 인생은 아름답고 살 만한 가치가 있다'는 확신을 가지고 일본어를 공부하고 기타를 익혀서 작곡도 했다.

대중가요 악보 100여 곡을 필사한 노트에 김민혁이라는 가명으로 작곡한 11곡을 가지고 출소했다.

선생님은 영화 공부를 포기하고 1970년대 후반 ㈜호진플라텍이라는 기업을 창업하여 탄탄하게 키웠다. 감옥에서 배워둔 일본어는 금속도금에 관한 기술 논문이나 전문서적을 번역하는 데 요긴했고 우리 기술을 발전시키는 데 큰 힘이 되었다. 그리고 80세가 되던 2021년 3월 염무웅 선생님과 함께 익천문화재단 길동무를 창립했다. 2021년 가을에는 선생님께서 작곡한 곡으로 김판수 창작곡집 「길동무」를 CD로 제작했다. 나는 이 음반이 나왔을 때 이것으로 선생님의 음악이 마무리되는 것이 아니라 계속되기를 바랐다. 그래서 2024년 7월 4일 목요일 6시 홍대 앞 구름아래소극장에서 콘서트를 앞두고 노래 연습에 열중이라는 소식에 누구보다도 기뻤다.

선생님은 감옥 시절이 모멸감과 비인간적인 대접 속에서도 대학 시절보다 배움이 많았다고, 행복하다 할 수는 없으나 의미 있는 시간이었다고 회고하셨다. 그곳에서도 좋은 동무들을 만난 덕분에 최선을 다해 자기 생을 아끼고 사랑하며 갈고닦았다는 말씀이셨다. 누군가는 남의 자유를 빼앗고 생명마저 위협했는데, 그렇게 당했던 선생님들은 상처받은 사회에 따뜻한 온기를 전파하고 계셨다. 대전교도소에 갓 입소한 김판수 선생님께 박성준 선생님께서 여기는 모기가 지독하다며 책상 밑으로 건넨 '멘소래담'으로 시작된 우정이 우리에게로 이어지고 있었다.

조금씩 변하는 집

이른 봄이었다. 요리연구가인 윤혜신 선생님 부부가 이담, 김근희 작가님과 함께 오셨다. 이분들은 그림 작업을 하면서도 버려진 나무나 가구를 해체하고 재조립하여 살림에 필요한 가구를 만들고 낡은 옷으로 새로운 디자인의 옷이나 이불을 만들어 자급하는 삶을 사는 분들이었다. 속초에서 면천으로 이사해 살림집을 고치고 '느린산 갤러리'를 짓고 있었는데, 윤 선생님이 우리가 집수리하는 이야기를 두 분께 전해서 만난 자리였다.

우리는 'Open'이 아니라 'Opening'한다는 생각으로 볼 때마다 조금씩 달라지는 길담서원으로 만들려고 한다고 했더니 좋은 생각이라고, 요즘 같은 시대에 누가 그렇게 하느냐고, 우리 같은 사람들이나 그렇게 하지! 하면서 천천히 고쳐가라고 했다. 이담 선생님이 옥상에 올라가서 살펴보더니, 여기 새는 데가 있을 것 같으니 방에서 그 위치를 잘 보고 옥상에서 이파엘지방수

액을 부으면 한참 들어가는데 그다음부터는 새지 않는다고 알려주셨다. 방수하기까지 시간이 걸리니 미리 처방을 하라는 말씀이셨다.

우리가 조금만 운을 띄우면, 이런저런 조언을 조심스럽게 이어가며 가르쳐주셨다. 내가 앞에 높은 담장이 너무 폐쇄적이어서 가슴이나 허리 높이로 자를 예정이라고 하자, 그러지 말고 사이사이에 구멍을 내라고 했다. 네모난 프레임을 만들어서 이렇게 저렇게 대보고 그림을 그린 다음 드릴로 구멍을 내서 오려내면 된다고 했다. 한뼘미술관에서 내가 하려던 것을 여기에도 하라는 말씀이셨다. 나는 롱샹성당에서 보았던 창들이 떠올랐다. 크고 작은 사각형에 그림이나 글씨가 새겨진 색유리로 들어

여름나무가 담장 안쪽 벽에 러셀 자서전의 한 구절을 썼다.

239

오던 빛. 그 빛은 성당 내부를 고요하면서도 환상적인 공간으로
만들었다. 하지만 이 글을 쓰는 지금도 그 벽은 삭막하게 그대
로 있다.

대신 '여기가 길담서원입니다'라는 표시로 대문에 발터 벤야
민의 문장 '깜깜한 밤길을 끝없이 걸어갈 때, 힘이 되어주는 것
은 억센 날개도 튼튼한 다리도 아닌 친구의 발걸음 소리이다'를
옮겨 쓰고 꽃을 들고 서있는 남자의 뒷모습을 그렸다. 그다음
안쪽 벽에는 니체의 『차라투스트라는 이렇게 말했다』와 버트런
드 러셀의 자서전 『인생은 뜨겁게』의 한 구절을 그림 그리는 이
해리의 글씨와 여름나무의 글씨로 적었다.

Man muss noch Chaos in sich haben, um einen tanzenden
Stern gebären zu können. 춤추는 별 하나를 낳기 위해서는 자기 안에
혼돈을 지녀야만 한다.

Three passions, simple but overwhelmingly strong, have
governed my life: the longing for love, the search for knowledge,
and unbearable pity for the suffering of mankind. 단순하지만 누를
길 없이 강렬한 세 가지 열정이 내 인생을 지배해왔으니, 사랑에 대한 갈
망, 지식에 대한 탐구욕, 인류의 고통에 대한 참기 힘든 연민이 바로 그
것이다.

이런 문장들을 벽에 적는 것은 전통문화의 주련 같은 것이
다. 이는 타인을 위해 적은 게 아니라 여기 머무르는 사람들이

늘 보면서 마음에 새기는 데 의미가 있다. 그래서 삶의 자세라든지 지향 같은 것을 담는다. 좋은 문장을 거듭해서 보고 소리 내어 읽고 쓰는 것은 그 말을 몸에 새기는 일이다. 이러한 반복이 그러한 삶으로 다가서게 해주지 않을까 하는 마음에서다. 앞으로 읽는 책에서도 좋은 문장들을 발견하면 하나하나 늘려갈 생각이다.

외벽은 공적인 공간이라는 생각이 들어서 무엇인가 쓰고 붙이는 데 고민이 많았다. 불특정 다수가 보는 담장이라 능소화를 키웠는데, 꽃이 지고 겨울이 되니 다시 길고 삭막한 담이 드러났다. 하여 대문 옆에 마르크스의 『자본』 프랑스어판 서문 중에 마지막 문장을 적었다. '학문에는 왕도가 없습니다. 오직 피로를 두려워하지 않고 학문의 가파른 오솔길을 기어 올라가는 사람만이 학문의 빛나는 절정에 도달할 수 있습니다.'라는 구절이다. '길담서원이 뭐 하는 곳이냐?'라는 질문에 어설픈 답 같은 것을, 우리가 지향하려는 정체성의 일부를 내보이기로 한 셈이다. 따라서 이 구절은 우리 자신에게 하는 말이다. 학문뿐만이 아니라 어떤 분야든, 그것이 집수리라고 해도, 절정에 선다는 것 자체가 지름길은 없는 일이기 때문이다.

길담서원을 둘러보고 점심을 먹는데 한차례 비가 퍼부었다. 식사가 끝나자 비도 멈췄다. 쉬는 날인데도 루치아의 뜰이 문을 열어줘서 한적하게 차를 마시며 이야기를 나눌 수 있었다. 황새바위성지, 무령왕릉, 정지산 유적지까지 산책을 했다. 산책하

는 내내 풀냄새, 흙냄새가 풍성했다. 생각이 비슷하고 생활방식
이 비슷해서 굳이 말로 표현하지 않아도 되는 좋은 선배를 만난
기분이었다. 티 나지 않게 당신이 경험하고 아는 것들을 하나하
나 건네셨다.

공태수 씨 이야기

긴 장마 끝에 아침 해가 좋았다. 일을 마치고 집으로 오려다가 태수 씨를 데리고 무령왕릉으로 저녁노을을 보러 갔다. 무령왕릉에는 1500년 전부터 잠들어계신 그분과 우리밖에 없었다. 한성에서 몇 해 전에 내려와 원도심에 닻을 내린 우리가 가끔씩 뫼잔등에 올라 노을을 보고 노래를 부르고 장난질을 치다 왔었는데 오랜만이었다.

부드럽게 흘러내리는 무령왕릉의 애달픈 선을 담고 싶어서 사진을 계속 찍었다. 제주 오름을 닮은 만연체 같은 선이 아니라 조금 서툰 단문체로만 찍혔다. 개로왕 가묘 같은 경우는 봉분이 너무 솟아서 긴 역사적 흐름을 담지 못하는 듯했다. 능은 좀 더 능청능청 흘렀으면 좋겠고 봉분 위에서 춤도 추고 미끄럼도 타고, 그렇게 오래전에 살다 간 무령왕의 능을 단지 바라보고 공부하는 대상만이 아니라 친구로 교감했으면 했다. 능이든

1500년이라는 세월이 느껴질 수 있도록 무령왕릉의 완만한 곡선을 담고 싶었다.

궁이든 적당한 선에서 사람들이 그 공간을 누리고 즐길 수 있으면 좋겠다. 과도하게 대상화되면 박제되기 쉽지만 사람들이 누리면 온기가 흐르고 풍부한 기록으로 남으니까 말이다. 물론 훼손되는 부분이 생기겠지만, 망가진 부분을 이 시대의 부재로 고쳐가며 사용하는 것이 해골처럼 바래져가는 것보다 낫지 않겠느냐고 이야기하며 멀리 금강 쪽을 바라보는데 저녁 해가 부드럽게 땅으로 스미고 있었다.

공태수는 한여름에 우리 집에 온 자동차 이름이다. 족보를 살펴보면 원래 이름은 New EF Sonata, 캡틴후 님 선배의 출퇴근용 자동차였다. 18년을 탔지만 10만 킬로미터 정도밖에 운행하지 않았다. 주로 원주에서 학교와 집을 오갔단다. 그러다가 후배가 가까이 태장동으로 이사를 오자 깨끗하게 정비해서 줬다고 들었다. 그 후배는 태장동으로 온 이수의 자동차라는 의미를 담아 '태수'라고 이름을 짓고 1년 정도를 가지고만 있었다. 그러다가 새로 일을 시작하면서 관용차를 쓸 수 있게 되어 우리에게 왔다. 우리는 공주시로 이사하면서 자동차는 필요 없다고 여겨서 수리할 자전거만 싣고 왔다. 그런데 지역에서 지역으로 이동할 때 대중교통이 없는 경우가 많았고, 있더라도 하루에 몇 편 없었다. 주로 지인의 차를 얻어 타거나 택시를 이용했는데 집수리하면서는 자동차가 필요했다.

안은 천국이요 밖은 지옥 비스름하게 더운 날 태수 씨를 데리러 갔다가 이 차의 원주인 댁에 가서 그분들이 키운 옥수수를 땄다. 시골에서 김매기할 때 쓴다는 모자를 쓰고 수염이 갈색으로 변한 옥수수를 골라 아래로 꺾으며 땄다. 씨앗을 심는 일은 여럿이 해도 힘들지만 수확은 혼자 해도 즐겁다는 말을 경험했다. 엄청 더워서 땀도 뻘뻘 흘렸지만 수확하는 재미가 있었다. 옥수수도 따고 참외도 따서 집으로 오는 길에 시디플레이어에서 「When I Dream」, 「Stand by your man」이 흘러나왔다. 카세트테이프 플레이어에는 변진섭의 「홀로 된다는 것」, 장혜리의 「내게 남은 사랑을 드릴게요」, 투투의 「1과 2분의 1」을 비롯한 1990년대 가요가 여러 곡 담겨있어서 따라 부르면서 왔다. 이름도 공주에 온 태수라는 의미로 '공태수'라고 짓고 공태수 씨라고 부르기 시작했다. 이제 공태수 씨는 22살이 되었다. 원주시에서 출퇴근용으로 쓰이던 자동차가 우리에게 와서는 시멘트, 벽돌, 각목, 에폭시, 페인트 등을 나르면서 고생했다. 가끔은 공태수 씨가 어딘지 모르게 낙타 같다는 생각이 들기도 했고 무령왕릉의 능선과 닮은 듯 삭아가는 모습이 측은하기도 했다.

공태수 씨가 오고 제빵기가 오고 오븐과 반죽기가 오고 텃밭이 왔다. 쉬지 않고 우리가 필요한 것들이 봄날의 새싹처럼 솟아났다. 동무들의 마음이었다.

삶의 방식이 비슷한 이웃 사람

러셀은 『행복의 정복』에서 가까이 사는 사람들이 우리가 사는 방식을 인정하지 않으면 삶이 행복하지 못하다고 했다. 이는 공동체 사회에서 공감대가 이루어지지 못할 때 겪는 정서적인 공백을 가리키는 말일 텐데, 삶의 방식이 그대로 노출되는 중소 도시에서도 비슷하게 적용된다는 생각이 들었다. 이곳 봉황동에는 우리와 같이 직접 집을 수리하며 공간을 만들어가는 사람들이 있었다. 특별히 일을 같이하지는 않았지만 각자가 자신들의 스타일과 리듬으로 공간을 디자인하고 있었다. 가까이에서 비슷한 시기에 비슷한 생각으로 비슷한 노동을 하고 있다는 자체만으로도 든든했다.

천장 가장 높은 꼭대기에 단열재를 붙이려면 비계가 1개 더 있거나 5, 6단까지 올라가는 사다리가 있어야 했다. 길 건너 고마다락 대표님께 전화했더니 마침 철거를 끝내서 사다리를 빌려줄 수 있는데 무겁다고 트럭으로 실어다주셨다. 일하다가 오셨는지 대표님 얼굴에 먼지가 묻어있었다. 천장 수리를 하다가 마주한 우리 모습도 비슷했을 것이다. 온수기의 누수를 잡기 위해 홍 사장님과 함께 와서 해결해줬던 갤러리 수리치 관장님의 찢어진 잠바에는 청테이프가 손가락 두 마디 크기로 붙어 있었는데 '힙'해보였다. 두 분이 어떤 시간을 통과해왔는지 설명하지 않아도 알 수 있는 모습이었다. 이웃을 통해서 우리를 보게 되었고, 문제가 발생했을 때 어떻게 해결하는지 배우기도 했다.

습관적으로 집수리 현장을 떠날 때 겉옷을 갈아입었는데 이 분들을 만난 후에는 일하던 복장 그대로 먼지를 툭툭 털고 돌아다녔다. 페인트 묻은 옷을 입고 철물점이나 목재상은 물론, 식당과 카페에도 아무렇지 않게 드나들었다. '우리 이런 일도 할 줄 알아!' 같은 자신감이었다. 못에 걸려 잠바 주머니가 찢어지자 우리도 테이프를 붙인 작업복을 입을 수 있게 되었다며 웃기도 했다. 이런 이웃들이 있어서 별거 아닌 일에도 즐거워하며 육체노동하는 사람이 되어갔다. 그런데 그때 찍어둔 사진을 보는데 좀 끔찍했다. 영상 속에서 먼지에 휩싸여있는 사람이 우리라는 사실이 믿기지 않았다. 특히 방진복이 도착하기 전에 우비를 입고 마스크만 쓰고 작업했을 때에는 얼굴에 먼지가 시커멓게 묻어있었다. 정말 더러웠다. 그럼에도 불구하고 그 속에서 아주 짓궂은 표정으로 웃고 있었다. 조세희 작가가 태백 탄광촌 사람들을 사진으로 기록한 『침묵의 뿌리』라는 책이 있다. 그 책

속에서 본 광부가 이 사진 속에 있었다. 사진 속 광부의 모습이 진지한 삶의 자세를 담고 있는 표정이라면, 우리의 표정은 탄광촌의 아이들같이 뭐가 뭔지 모르는 가운데 낯설어하면서도 호기심 가득한 눈빛이었다. 태백의 광부는 먹고살기 위해 막장에 들어가 석탄을 캐는 괭이질을 했는데 우리는 도대체 다들 말리는 이 '짓'을 왜 했을까? 왜 오래 묵은 저 먼지 속으로 들어가서 저렇게 낄낄대고 있었을까? 이상한 마음이 들었다. 거기서 빠져나와 객관화된 눈으로 사진을 보니, 불과 2년 전의 우리를 이해하기 쉽지 않았다.

왜 많은 사람이 그렇게들 안타까워 했는지, 철거나 기초공사는 전문가에게 맡기고 인테리어만 하라고 했는지, 철거하는 사람을 섭외해뒀으니 말만 하라고 했는지 충분히 이해가 갔다. 이제는 체력도 받쳐주지 않아서 다시 하기 쉽지 않겠지만, 그래도 한 번은 해볼 만한 일이었다. 우리가 몸으로 산다는 게 어떤 것인지 겪어본 시간이고 그만큼 삶의 폭이 넓어졌으며 어른들이 말리는 데에는 이유가 있다는 자명한 사실을 확인한 셈이니까. 꼭 스스로 경험해야 그것이 얼마나 위험하고 힘든 일이었는지를 아는 사람이 있는데 그게 우리였다.

이렇게 험한 일을 하면서도 작은 사고도 없이 집수리를 마무리할 수 있었던 것은 멀리서 가까이서 염려와 안타까움으로 지켜보고 응원하는 동무와 선생님들 덕분이었고 비슷한 상태의 집을 비슷한 시기에 고치던 이웃들의 힘이 컸다.

힘들 거예요. 그래도 잘해보세요

수리 중인 길담서원으로 파주 타이포그래피학교 '길 위의 멋짓' 배우미들이 찾아왔다. 길담서원에서는 강의를 할 수 없어서 곡물집에서 진행하고 현장답사로 이어졌다. 길담서원의 역사에 대해 알고 싶고 현재 수리 중인 공간을 보고 싶다는 요청이었다. 출판N에 썼던 글 '우리는 여전히 길담서원을 열어가고 있다' 링크를 보내주고 함께 이야기 나누자고 했다. 디자인하는 학생들이라 그런지 공간 구성, 건축디자인에 관심이 많았고 간유리, 천장 무늬, 불발기창, 타일 등등 우리가 살리고 싶어 하는 옛것들을 그 친구들도 좋아했다.

집수리를 하면서 많이 들었던 말이 '그걸 어떻게 해요', '대단해요', '훌륭해요', '의지의 한국인', '몸조심하세요' 등등이었다. 이런 말들은 거친 육체노동을 하는 사람들에 대한 거리두기이기도 했고 응원의 말이기도 했다. 청년들은 이런 말을 하지 않아서 편했다. 초면이고 이게 얼마나 힘든 일인지도 모르기 때문에 선입견이 없어서 마냥 신기한 눈으로 내장이 다 드러난 집의 뼈대들을 카메라에 담으며 질문했다. 특히 건축을 전공하는 학생은 우리가 가장 골치를 앓고 있는 천장을 보고 홍대 앞에 어떤 카페 이름을 언급하면서 '거기도 이런 천장인데 잘 복원했어요. 귀한 건데 없애기엔 아깝잖아요. 꼭 살려주세요.' 강조하면서 부탁했다. 우리도 살리고 싶어서 고민 중이라고만 했다. 확신에 찬 대답을 하지 못한 이유는 현실적으로 얼마나 어려운 일인지 알아버렸기에 자신이 없었기 때문이다.

헤어질 즈음, 한 학생이 이제는 자급자족하는 삶을 살겠다는 내 말을 소환하고 어깨를 툭툭 치며 말을 이었다. '힘들 거예요. 그래도 잘해보세요.' 대안학교만을 다녔던 이 학생의 말은 남들처럼 살지 않았을 때 사회의 시선이 부담스러울 것이라는 염려 같았고, 헤매고 실패하더라도 해볼 만한 일이라는 응원 같기도 했다. 존 스튜어트 밀은 『자유론』에서 '모든 인간의 삶이 어떤 특정인 또는 소수의 생각에 맞춰져 정형화되어야 할 이유는 없다. 누구든지 웬만한 정도의 상식과 경험만 있다면, 자신의 삶을 자기 방식대로 살아가는 것이 가장 바람직하다. 그 방식 자체가 최선이기 때문이 아니다. 그보다는 자기 방식대로 사는 길이기 때문에 바람직하다'라고 했다. 획일화된 우리 사회는 조금만 다르게 살아도 색안경을 끼고 바라보며 이상하게 여긴다. 그런 눈길을 여러 차례 받아오고 있어서 그 친구의 말을 바

251

로 이해할 수 있었다.

학생들은 집으로 돌아가면서 옥상에서 찍은 단체 사진을 보내왔다. 그 학생의 얼굴을 찾아봤다.

쉬어야 낫는다

공간이 달라지는 재미에 힘든 줄도 모르고 신이 나서 매일 4~5시간씩 쉼 없이 일했다. 사흘째 계속되다 보니 피로가 누적되고 너무 힘들어서, 한뼘미술관 벽면 합판 작업을 하는데 몸을 제대로 쓸 수가 없었다. 수평 수직도 맞지 않는 벽면에 무거운 합판을 자르고 들어올려서 타카로 박으며 고르게 만드는 일은 까다롭고 많은 힘을 요구했다. 일을 하는데 서서히 말이 없어졌다. 수평을 맞추느라고 자투리 나무판재 3조각을 쌓아 합판 뒷면을 고이는데 아래는 이미 고정된 상태라 잘 들어가지 않았다. 내가 잡고 있는 쪽은 금방 들어갔는데 여름나무 쪽은 들어가지 않는다고 뺐다가 다시 끼우자고 했다. 나는 이미 힘을 써서 집어넣은 터라 뺐다가 다시 넣을 기운이 없다 보니 나도 모르게 성질을 부렸다. 난 힘들고 일이 잘 풀리지 않을 때 '버럭'하는 습관이 있다. 오랜만에 그 성질머리가 불끈 올라온 것이다. 생각이란 걸 했다. 아무리 공간을 빨리 변모시키고 싶어도 쉬자!

　손목이 아픈 지도 2~3주가 지난 것 같았다. 침을 맞거나 물리치료를 받으면 빨리 낫지 않을까 해서 한의원에 갔다. 혈압을 재고 들어가니 산적 같은 한의사가 몸을 낮춰 무릎을 접으며 아픈 손목과 발목을 보잔다. 집수리를 하고 있다고 했더니 일시적으로 무리하게 사용해서 안으로 상처가 나서 아픈 거라고, 물리치료 대상도, 침을 맞을 대상도 아니니 무조건 쉬라고 했다. 일을 해야 한다고 하니까, 그러면 진통소염제를 먹고 일할 때만 손목 보호대를 쓰라고 했다. 보호대도 오래 하면 꽉 조이기 때문에 상처가 아무는 데 방해가 되고 침을 맞을 경우 오히려 더 상처를 건드릴 수 있다고, 정형외과를 가도 특별한 방법이 없다고 했다. 쉬기로 하고 전기공사를 위해 방마다 스위치와 콘센트, 냉난방기 위치를 정하는 일만 했다.

　퇴근하면서 마당에 흐드러지게 핀 옥잠화들을 잘랐다. 집으로 돌아오는 길에 곡물집과 고마다락에 옥잠화 5포기와 잎 3개씩을 나눠주고 왔다. 정원 일을 하는 즐거움이 내 피부와 호흡에 에너지를 더하는 일이라면, 잘 키운 마당의 꽃을 잘라 이웃과 나누는 즐거움은 꽃이 질 때까지의 아름다운 시간을 선물하는 일이구나 싶었다. 손목 때문에 일을 하지 않으니 꽃을 나눌 생각도 하고, 여유라는 게 좋았다. 이불을 내다가 햇빛세탁을 하고 채송화, 금잔화, 왕고들빼기꽃을 보며 놀다가 유한계급들이 그들의 한가로움을 유지하고자 노동자들에게 근면을 강조했다는 사실을 떠올리고는 쓴웃음이 났다.

오후에 여름나무와 툇마루에 앉아 빵과 커피를 마시며 수다를 하다가, 잠시 군산 근대화 거리에도 다녀왔다. 근대의 공간들을 리노베이션한 몇몇 곳을 둘러봤는데 거친 시멘트와 단정한 빨간 벽돌이 유리와 철근 같은 매끈한 소재와 유니크하게 조화를 이루고 있었다. 과거와 현재의 부재가 자연스럽게 어울리는 멋있는 공간을 보면 기분이 좋다가도 아주 잠깐 기가 죽었다.

벽돌을 쌓으며

　벽돌공은 벽돌을 탄탄하게 쌓아 집을 짓는다. 책방은 책을 골라 전시하고, 글을 쓰는 사람은 문자를 모아 생각을 글로 엮는다. 천장을 뜯고 올려다보니 개판蓋板 무늬가 책을 가지런히 꽂아놓은 책꽂이같이 보이기도 했다. 목수들이 판재 하나하나를 이어 천장을 만든 모습이 벽돌을 반듯하게 쌓아 올린 벽과 책이 가지런히 꽂힌 책장과 겹쳐졌다.

　윌리엄 모리스가 붉은 벽돌로 처음 지은 신혼집 레드하우스의 아름다움을 상상했다. 간소함과 소박함이 근대건축의 출발점으로 인식되는 집이었고, '솔직하고 허식 없는 본질로 돌아가는 시도'라고 멈퍼드가 평한 집이었다. 붉은 벽돌은 어떠한 부재와도 자연스럽게 어울리는 구조재이지만 내장재이자 마감재로 쓰인 경우도 많았다. 남루한 이 집의 현실을 생각해봤을 때, 새로 쌓는 벽을 붉은 벽돌로 한다면 원래 있던 간유리 문과 새로 설치하는 시스템 창호와도 잘 어울리고 이 집의 역사를 이어 가기에도 적절할 것 같았다. 그러나 막상 부엌과 화장실 사이에 벽을 쌓을 때 이러한 생각을 까맣게 잊고, 영상에서 본 대로 시 멘트 벽돌을 쌓고 미장을 하다가 벽돌에 시멘트 몰탈이 붙지 않 고 자꾸만 흘러내려 힘들고 지쳤을 때에야 붉은 벽돌 생각이 났 다. 기술만 배운 게 아니라 재료의 선택까지 무심코 따라한 것 이다. 붉은 벽돌로 쌓았으면 그것으로 끝이었을 텐데 미장을 하 고 페인트도 칠해야 했다. 도면에 재료와 시공방식을 기록해두 고 진행했으면 일어나지 않았을 일인데, 그때그때 닥치는 대로 진행하다 보니 남의 방식을 따라가고 있었다. 바쁘고 힘들어지 면서 우리가 공들여 계획했던 것들을 잊어버렸다. 고생스럽게 쌓은 벽을 허물고 싶지 않았고 이미 단단하게 굳어서 허물 수 도 없었다. 괜찮다고 웃고 넘겼지만 많이 아쉬웠다. 부엌 쪽 벽 과 화장실에서 본채로 통했던 문 모양대로 붉은 벽돌을 쌓았더 라면 붉은 벽돌은 '여기 밖으로 나가 본채와 통하는 문이 있었 다'는 사실을 증명해주면서 옛사람들의 생활방식도 보여주었을 텐데 아쉬웠다. 이렇게 헛발질을 하고 나면 기운이 빠지고 일도 하기 싫었다. 그래서 하루 쉬어가기로 했다.

빨래를 널고 책장 끄트머리에 기대 툇마루까지 발을 쭈욱 뻗 고 볕을 쪼였다. 이끼와 고들빼기, 주름잎, 뱀딸기, 괭이밥이 점령한 마당에는 구절초와 두메부추꽃도 피었다. 박새가 가끔 와서 배롱나무 끝에 머물다 날아갔다. 따뜻한 가을볕이 뜨거운

여름 볕에 탄 내 발등에 내려앉았다. 발가락으로 빛 그림자를
가지고 놀다가 나희덕 시인의 시를 읽었다.

방을 얻다

나희덕

담양이나 창평 어디쯤 방을 얻어
다람쥐처럼 드나들고 싶어서
고즈넉한 마을만 보면 들어가 기웃거렸다.
지실마을 어느 집을 지나다
오래된 한옥 한 채와 새로 지은 별채 사이로
수더분한 꽃들이 피어 있는 마당을 보았다.
나도 모르게 열린 대문 안으로 들어섰는데
아저씨는 숫돌에 낫을 갈고 있었고
아주머니는 밭에서 막 돌아온 듯 머릿수건이 촉촉했다.
-저어, 방을 한 칸 얻었으면 하는데요.
일주일에 두어 번 와 있을 곳이 필요해서요.
내가 조심스럽게 한옥 쪽을 가리키자
아주머니는 빙그레 웃으며 이렇게 대답했다.
-글씨, 아그들도 다 서울로 나가불고
우리는 별채에서 지낸께로 안채가 비기는 해라우
그라제마는 우리 집안의 내력도 짓든 데라서
맴으로는 지금도 쓰고 있단 말이요.
이 말을 듣는 순간 정갈한 마루와
마루 위에 앉아 계신 저녁 햇살이 눈에 들어왔다.

세놓으란 말도 못하고 돌아섰지만
그 부부는 알고 있을까,
빈방을 마음으로는 늘 쓰고 있다는 말 속에
내가 이미 세 들어 살기 시작했다는 걸.

–『사라진 손바닥』(나희덕, 문학과지성사, 2004)

　지금은 자식들도 떠나고 부부는 별채에 살고 있지만 그 한옥에는 조상 대대로 내려오는 이야기와 아이들을 낳아 키우면서 겪었던 희로애락과 생로병사가 깃들어있을 터였다. 방문객에게는 보이지 않는 내력일 것이다. 시인에게 그 공간은 '비어있음'으로 보이지만, 그 집에 깃들어 사는 부부에게는 가족의 몸짓들이 보이지 않는 가운데 보이고 들리지 않는 가운데 들리는 것이다. 시는 여기서 맺어도 좋을 성싶은데 한 걸음 더 들어간다. '마루 위에 저녁 햇살이 앉아 계신' 그 한옥의 빈방을 빌려달라고 말도 꺼내지 못했으면서 마음으로 이미 세를 들어 살기 시작했다고. 그래서 「방을 얻다」의 방은 빈방이지만 빈방이 아니다. 내력이 깃든 집의 물리적인 공간은 비어있을지 몰라도 마음으로는 저녁 햇살이 앉아계신 그 마루를 쓰고 있는 것이다.
　벽돌을 쌓아 집을 짓고 문자를 모아 글을 쓰는 일은 보이지 않는 세계를 보이는 세계로 구축하는 작업이다. 쌓고 모으는 주체가 누구냐에 따라서 집이 달라지고 글이 달라진다. 이 시를 읽는데 우리는 붉은 벽돌이라는 부재를 떠올리지 못해서 이전의 흔적을 남기고 수리했다는 내력을 쌓지 못했다는 생각에 이르렀다. 어떤 의미나 아름다움은 이런 디테일에 있을 텐데 말이다. 마음이 부정형으로 물꼬를 트면 걷잡을 수 없이 흘러가서 다음 일까지 그르치게 한다. 그리하여 공산성으로 바람을 맞으러 나섰다. 태초의 숨결이고 정신의 근원인 바람!

19세기 앤이 좋아

지난밤부터 내리던 눈은 멎는 듯하더니 오후가 되어도 해가 났다가 눈발이 날리다가를 반복했다. 월성산으로 산행을 하려던 마음을 접고 공산성에나 다녀오자며 제민천으로 접어들었다. 먹이를 잡느라 그러는지 노느라 그러는지 흰뺨청둥오리가 엉덩이와 두 발을 하늘로 곧게 세우고 머리를 물속에 처박았다가 올라오는데 그 모습이 마치 아이들이 코끼리 흉내를 내는 것 같이 귀여웠다. 조금 더 걸어가는데 이번에는 우리가 고독이라고 부르는 백로가 날갯짓을 하면서 내리는 눈 속으로 들어갔다. 덩달아 강아지도 뛰놀고 오리도 떼로 몰려다니고, 한참을 보면서 걸었다. 눈발이 점점 굵어지고 바람도 강하게 불기 시작했다. 창 넓은 카페에서 눈 구경을 하면 좋겠다고 했지만 우리 옷은 이미 젖어 있었다. 눈을 하얗게 뒤집어쓰고 집으로 돌아와 작년 봄에 만들어 둔 쑥차를 우려서 몸을 녹이고 양파를 갈아 넣어 감자수프를 끓였다. 우유가 적어서 되직했다. 냉동실에 있던 크랜베리 깜빠뉴를 8분 정도 오븐에 돌리고 따끈한 감자수프에 찍어서 저녁을 먹고 뱅쇼를 마시면서 넷플릭스에서 하는 「빨간 머리 앤」을 보기 시작했다.

애니메이션도 영화도 아닌 드라마로 제작되었는데 여기저 기서 찬사가 쏟아졌다. 하지만 우리는 몰입할 수가 없었다. 잔 잔하고 낡고 촌스러운 100년 전 앤은 사라지고 너무 선명한 디 지털 화면 속에서 21세기 앤이 과장된 몸짓과 억양으로 소리를 질러대는 모습이 불편했다. 우리가 아는 앤은 19세기 앤이었다. 너무나 어린 나이에 부모를 잃어 고아원에서 자랐고 사람보다 는 자연에서 위로를 받으며 10살이 된 아이였다. 평범하지 않은 경험에서 비롯된 특이한 사고방식으로 자기 생각을 거침없이 표현하지만 예의가 없는 모습은 아니었다. 그 아이가 초록 지붕 집에 입양되어 마을의 일원으로 성장하는 소설이지 웅장한 음 악과 함께 버터, 설탕 가득 친 자극적이고 영웅적인 서사는 아 니었다. 극적인 전개가 아니라 담백하고 수수한 텍스트 그 자체 였다.

내가 앤을 처음 만난 것은 15살 무렵이었다. '로제멋대'라는 독서모임을 할 때, 첫 번째 책이었다. 운동장에 있는 플라타너 스 나무 아래서 완전히 앤에 몰입되어 앤과 함께 들판을 뛰어다 녔고 앤과 함께 편지를 쓰고 앤과 함께 아파했다. 그래서 애정 이 많았고 길담서원의 청소년들과 영어 원서로 꼼꼼하게 읽고 풀꽃나무를 드로잉하는 시간을 가진 작품이기도 했다. 앤은 브라이트 리버 역에서 에이번리로 들어오면서 이미 이 마을에 반하고 매튜 아저씨의 순박함에 빠져버린다. 초록 지붕 집에 살고 싶은 자기 소망을 관철하기 위해 솔직하고 능동적으로 행동하는 모습이 아름다웠다. 수줍고 망설임이 많았던 나는 하고 싶은 말을 다 하고 모험심이 있고 부당함에 저항하고 길버트가 홍당무라고 놀릴 때 석판으로 가격하는 앤의 모습에 대리만족했었다. 내가 마음으로는 그렇게 하고 싶으면서도 표현을 못 하고 다양한 기회를 놓치는 아이여서 그랬는지도 모르겠다. 그러나 성인이 되어 청소년들과 영어원서인 『Anne of Green Gables』를 읽으니 마릴라의 입장을 이해하게 되었다. 앤에 몰입되었을 때는 보이지 않던 게 보이고 읽히지 않던 게 읽혔다. 남자아이

금학수원지에서 발원한 물길은 제민천을 거쳐 금강으로 흘러간다.

가 아니라고 앤의 입양을 거부하는 마릴라가 미웠었는데 다시 읽으니 마릴라의 마음이 보인 것이다. 나이 들어가는 오빠를 도와서 일할 사람이 필요했는데 저렇게 잠시도 쉬지 않고 자기 생각을 쏟아내는 앤을, 그런데 안쓰러운 앤을 내치기도 쉽지 않았을 테다. 그렇다고 식구로 받아들이고 양육할 자신은 더더욱 없었을 것이다. 그래서 혼자만의 세계에 빠져 있던 매튜와는 달리 현실적인 마릴라는 앤을 돌려보내려고 했었다. 하지만 마릴라는 며칠간 앤을 겪으면서 정이 들어버렸다. 앤이 매튜와 마릴라 남매를 만나 안정적으로 성장하고 남매의 노후가 평안해지는 모습을 흐뭇하게 읽었다.

　마릴라는 앤과 함께 살면서 잔잔하던 일상에 지각변동이 일어났고 에이번리의 아름다움을 다시 보게 되었고 청교도적인

청둥오리들이 제민천에서 한가롭게 노닐고 있다.

그녀의 삶에도 새로운 바람이 불었을 것이다. 평생을 그 지역에서 살아온 사람들의 눈에는 보이지 않는 아름다움과 이상함이 낯선 사람인 앤의 눈에는 선명하게 보였을 테니까. 우리가 처음 공주시에 왔을 때 원도심이 그랬던 것처럼 말이다. 그런 생각을 하면서 2회까지인가를 보다가 더 이상 넷플릭스 버전의「빨간 머리 앤」은 보지 않기로 했다. 나중에 박홍규 선생이 쓴『앤의 인문학』이라는 책을 보았는데 앤은 페미니스트로 성장하여 투사적인 이미지로 그려진다고 했다. 우리가 아는 앤과는 다른 앤이었다. 우리는 그냥 19세기 그 시대를 대변하는 어린이 앤에서 더 이상 성장하지 않기로 했다. 모든 인물이 혁명가로 자랄 필요는 없으니까. 순수하지만 감각적인 저항정신을 잃지 않고 자기 삶을 적극적으로 극복하며 나아가는 모습, 거기서 멈추는 것도 괜찮다고 여겨졌다.

뱅쇼는 이미 바닥났고 창밖에 눈은 계속 쏟아지고 있었다.

닫는 글

언니들이 곁에 있었다

우리는 작은 따옴표 안의 '언니들'을 좋아한다. 이 언니들은 대부분 세상을 모두가 잘 사는 방향으로 바꾸기 위해 일상에서도 행동하는 사람들이다. '사람은 추구하는 한 방황한다.Es irrt der Mensch, solang er strebt.' 라는 괴테의 말처럼, 언니들은 여러 가지 일을 하는 가운데 실패도 했지만, 좀 더 낫게 실패하는 방향으로 사회를 이끌어가는 분들이다. 아픈 사람들의 마음을 헤아릴 줄 알고 어려운 사람들의 형편을 살필 줄 알며 그 '앎'을 어떻게든 실천하고 해결하는 데 도움이 되려고 애쓰며 살아온 사람들이다.

언니들은 발터 벤야민이 20살에 언급한 '무형의 상태에 머물러있는 언어'를 몸으로 실천하는 사람들이다. 성으로서의 여성, 언니가 아니라 '연민'이라는 감정을 '돌봄'으로 실천하는 여성성을 가진 존재들이다. '남자, 여자를 구별하는 것을 원시적인 유형화로 보고 사회는 남성성과 여성성을 가진 개인들로 이루어졌으며, 청년에 대하여 아는 것이 없듯이 여성에 대해서도 아는 것이 없다'고 청년 벤야민이 기술한 사람들이다. 그러니 언니는 성별을 초월하고 나이를 초월한 세계시민으로서의 언니이다.

공주시로 거주지를 옮기고 집수리하는 동안 우리가 걱정 없이 지낼 수 있도록 응원해준 분들도 언니들이었다. 집수리하지 말고 공부하고 글을 쓰라고, 누가 좀 말려달라고 하면서도 언니들은 계속해서 관심을 가지고 염려와 격려를 보내왔다. 무거운 짐 옮길 일이 있으면 언제든지 부르라고, 일하다가 힘들면 말하라고 연장 들고 가겠다고 했다. 혹시라도 우리가 부담 가질까봐 이젠 먹을 사람도 없는데 엄마가 물김치를 많이 담갔다며, 시장을 갔는데 과일이 쌌다며, 농사짓는 부모님이 김장김치를 많이 담갔다며 가지고 왔다. 책갈피에 교통비를 넣어주고, 택배를 보내오고, 후원금을 보내주고, 찾아와 밥을 사는 언니들이 곁에 있었다. 공동체에 물기가 흐르게 하고 지친 삶에 기운을 넣어주는 그 마음들에 힘입어 집수리를 해나갔다.

두더지 굴 같은 별채를 고치고 빠져나오니 우려의 눈과 마음으로 지지해준 언니들이 햇빛 속에서 우리를 기다리고 있었다. 제일 먼저 2022년 2월 21일 안삼환 선생님을 모시고 괴테 공부를 함께했던 송맘 님과 엉성이 님이 방문했다. 안삼환 선생님이 오시면서 안 브라더로 통하는 안문영 선생님도 함께 자리했다. 판소리 한 자락으로 길담서원이 공주에서 다시 문을 열어가게 된 것을 축하해주셨고 송맘 님이 답가를 불렀다. 이어서 루치아의 뜰 대표님 부부와 사회문화예술연구소 오늘 소장님, 공주시 시장님 부부, 백산 님과 샤노테 님을 비롯한 원도심 이웃들이 오셨다. 2월 24일에는 캡틴후 님과 숯뎅이 님이 와서 저녁 식사를 하고 밤늦도록 기타 치며 노래했다. 그리고 2022년 2월 25일 함께 문을 열었다.

우리는 길담서원을 수리하면서 무상주보시의 마음이 얼마나 큰 힘이 되는지 알게 되었다. 우리도 누군가에게 이러한 '언니'가 될 수 있는 삶을 살아가야겠다고 다짐한다.

집수리를 하면서 곁에 둔 책들

윌리엄 모리스 평전, 박홍규, 개마고원
윌리엄 모리스 1, 2, 에드워드 파머 톰슨, 한길사
데리다와의 데이트, 강남순, 행성B
데리다 평전, 제이슨 포웰, 인간사랑
작은 집, 르코르뷔지에, 열화당
내가 함께 있을게, 볼프 에를브루흐, 웅진주니어
동경대전 1, 2, 김용옥, 통나무
책이 모인 모서리 여섯 책방 이야기, 손목서가
침묵의 뿌리, 조세희, 열화당
월든, 헨리 데이비드 소로우, 열림원
일방통행로, 발터 벤야민, 새물결
김수영 전집 2 산문, 김수영, 민음사
청년 도배사 이야기, 배윤슬, 궁리
노가다 칸타빌레, 송주홍, 시대의창
너는 너의 삶을 바꿔야 한다, 레이첼 코벳, 뮤진트리
서재에 살다, 박철상, 문학동네
자본, 칼 마르크스, 길
게으름에 대한 찬양, 버트런드 러셀, 사회평론
과거의 거울에 비추어, 이반 일리치, 느린걸음
어떻게 죽을 것인가, 아툴 가완디, 부키
자기만의 방, 버지니아 울프, 민음사

겨울 나그네, 빌헬름 뮐러, 민음사
케테 콜비츠 평전, 유리 빈터베르크, 소냐 빈터베르크, 풍월당
건축은 예술인가, 김원, 열화당
함께 여는 국어교육, 2021겨울, 전국국어교사모임
시골빵집에서 자본론을 굽다, 아타나베 이타루, 더숲
자유론, 존 스튜어트 밀, 책세상
빨강머리 앤, 루시 모드 몽고메리, 세종서적
인생은 뜨겁게, 버트런드 러셀, 사회평론
사라진 손바닥, 나희덕, 문학과지성사
길담서원, 작은 공간의 가능성, 이재성, 궁리
행복의 정복, 버트런드 러셀, 사회평론
파우스트, 괴테, 민음사
밤이 선생이다, 황현산, 난다
발터 벤야민 평전, 하워드 아일런드, 마이클 제닝스, 글항아리

작은 책방 집수리

이재성·이정윤 지음

초판 1쇄 발행 2024년 10월 25일

펴낸이 이민·유정미
편집인 최미라
디자인 오성훈

펴낸곳 이유출판
주소 대전시 동구 대전천동로 514
전화 070-4200-1118
팩스 070-4170-4107
이메일 iu14@iubooks.com
홈페이지 www.iubooks.com
페이스북 @iubooks11
인스타그램 @iubooks11

정가 18,000원
ISBN 979-11-89534-56-1(03810)